작가를 위한
집필
안내서

당신은 어떤 책을 쓰고 싶은가 ?

작가를 위한 집필 안내서

정혜윤 지음

siso

나를 세상과 연결해준 글쓰기

20대 후반, 천직을 찾다

나는 24살이 되어서야 뒤늦게 대학에 입학했다. 고등학교 내내 이과 공부를 했기에 화학과를 지망하여 들어갔지만 학기가 지날수록 '내가 이걸 왜 배우고 있지?'라는 의문이 마음속에서 떠나질 않았다. 3학년이 시작되기 전, 나는 큰 결심을 하고 전과를 하기로 결정했다.

사실 내 적성은 문과에 더 가까웠다. 학창시절에 진로 적성검사를 하면 늘 문학적 소질이 다분하다는 결론과 소설가, 국어 교사와 같은 직업이 차례로 나열되곤 했었으니까 말이다. 내가 이런 적성을 가지게 된 데에는 하루에 서로 다른 종류의 신문을 3개나 구독하시고 역사책을 즐겨 읽으시던 아버님의 영향이 크다.

국문학과로 옮기고 싶었지만 경쟁률이 치열할 것 같다는 판단에, 할 수 없이 행정학과로 전과를 했다. 공무원 준비를 할 요량이었다. 3~4학년 내내 꼬박 공무원 준비를 하면서 '이게 정말 나의 길일까?'라는 생각을 많이 했다. 사실 공무원이라는 직업은 부모님의 뜻이었고 진짜 내가 원하는 길이 아니었다.

나는 '내가 평생 동안 즐겁게 할 수 있는 일, 숨겨진 나의 재능을 마음껏 발휘할 수 있는 일, 남들보다 뛰어나게 잘하는 일, 적은 노력으로도 티가 팍팍 나는 일, 주변에서도 잘한다고 인정해주는 일, 그 일을 하면 내가 행복하고 그것을 하는 시간이 기다려지는 나만의 천직'을 찾고 싶었다. 그때부터 그것이 무엇인지를 찾기 위해 치열하게 생각하기 시작했다.

평소 글과 책을 가까이하시던 아버님 덕분에 나 역시 어릴 때부터 글과 책에 익숙했다. 초등학교에 다니기 시작하면서부터는 일기 쓰기, 독후감 쓰기, 글짓기, 서예 등 글과 관련된 각종 대회에 참여만 해도 최소 장려상은 받게 되었다. 필기하는 걸 워낙 좋아해서 똑같은 내용을 이렇게 편집하고 저렇게 편집하며 가장 효율적으로 눈에 들어오는 방법을 나름대로 연구하는 걸 즐겼다. 덕분에 시험기간이면 내 노트는 항상 친구들 사이에서 족보처럼 떠돌아다니느라 정작 나는 내 노트를 구경조차 하지 못하는 웃지 못할 일도 많았다.

'아, 나는 글을 쓰거나 편집하는 걸 어릴 때부터 즐겼고, 잘해 왔구나!'

여기에까지 생각이 미치자 '편집자'라는 직업이 눈에 들어왔다. 나는 지원서를 준비해 신입으로 당장 일할 수 있는 기업들에 도전했고 한 신문사에 입사했다. 신문사에서 내가 맡은 일은 매월 100쪽 정도 되는 월간지를 만들어내는 일이었다. 때마침(?) 선임 편집자가 갑작스럽게 퇴사하는 바람에 나는 인수인계도 받지 못한 채 매일 퇴근 후 혼자서 과월호 월간지들을 정독하며 내가 해야 할 일들을 스스로 익혔다. 해당 분야의 전문가들로부터 원고를 받아서 교정·교열하고, 주제를 정해서 알맞은 인물을 취재하여 글로 풀어내는 작업이었다. 이 일을 하며 나는 그동안 느껴보지 못한 희열과 성취감을 느꼈다. 상사로부터 인정도 받았고, 일 잘한다는 소문이 퍼져 회장님께 따로 불려가 격려도 받았다.

'이게 바로 내가 해야 할 일이구나!'

그때부터 나는 편집자로 살았다. 지금까지 200권이 넘는 단행본 원고를 만졌고 교정·교열, 윤문, 리라이팅, 대필 등 다양한 작업으로 내 안의 한계를 깨나가며 즐겁게 이 업을 계속하고 있다. 더불어 지금은 출판사 대표로서 하루에도 여러 권의 소중한 원고들을 검토하며 글을 마주하고 있는데 그러한 매 순간이 참 행복하고 감사하다.

글쓰기는 나와 세상을 연결해주었다

나는 어릴 때부터 내게 일어나는 모든 문제를 혼자서 해결하려는 성향이 강한 아이였다. 내 고민을 털어 놓을 만한 사람도 주변에 없었고, 무엇이든 혼자 생각하고 무너뜨리고 다시 생각하는 것이 일상이었다. 편집자로 일하기 전까지만 해도 나와 세상은 별개라고 생각했고, 나를 잘 드러내려고 하지도 않았다. 늘 주변의 기대에 부응하는 아이로 부모님의 말씀에 순종하며 조용히 사는 것이 내 삶이라고 여겼다.

편집자라는 직업은 오롯이 '나'로서 살게 해 주었고, 작업을 하며 내가 성장하고 발전하고 있다는 것을 느끼게 해주었다. 나를 찾는 사람들이 점점 많아지고 내가 할 수 있는 것들이 많아지자 '아, 나는 세상과 연결되어 있는 사람이구나'라는 생각을 비로소 하게 되었다. 그때부터 나는 '내가 가진 능력으로 많은 사람들을 위해 무엇을 할 수 있을까?'를 고민하기 시작했다.

주변에서 "책 작업을 그렇게 많이 한 사람이 왜 정작 자기 책은 쓰지 않느냐"는 질문이 많았다. 사실 몇 년간 내 앞에 놓인 작업물의 양이 워낙 많기도 했고 '어떤 책을 쓰면 좋을지 명확히 정하지 못했기 때문'이라는 게 가장 큰 이유다. 어쩌면 편집자로서 문장을 짓고 단어를 고르며 보낸 그동안의 시간과 출판사 대표로서 많은 예비 작가나 독자들로부터 받아온 질문들이 내게 책을 써야 할 계기와 이유를 만들어 준 것이 아닌가 생각해 본다. 그리고 이 책에서 그 질문들에 하나씩 답을 해나가고 싶다.

처음 시작하는 사람에게는 초보적인 질문일 수 있지만 어디에도 물어볼 곳이 없다는 것을 잘 안다. 그렇기에 처음 글쓰기에 도전하는 예비 작가나 편집자는 무슨 일을 하는지 궁금해 하는 예비 편집자들을 위해 최대한 내가 알고 있는 것들을 친절하고(?) 상세하게 이 책에서 풀어내 보고자 한다.

글을 쓰고 책을 만들기 시작하면서 내 삶은 정말 많이

확장되었고, 무너질 대로 무너져 있던 자존감이 조금씩 회복되었으며, 세상에 내가 어떤 도움을 주며 살아갈 수 있을지 알게 되었다고 해도 과언이 아니다. 이 책은 또한 앞으로 내가 해야 할 일들과 하고 싶은 일들에 조금 더 가까이 다가가게 해 주는 발판이 되어 줄 것이다. 그리고 나처럼 글과 책을 통해 세상과 이어지고 싶어 하는 많은 사람들에게 기꺼이 힘이 되어 주는 글이길 바란다.

작가는 오래전부터 콘텐츠 크리에이터였다

새삼 '글쓰기, 책 쓰기'에 대한 사람들의 관심이 높아졌다는 것을 실감한다. 누구나 자신의 생각을 글로 표현한 후 많은 사람들에게 공개하는 것에 비교적 익숙해졌기 때문이기도 하고, 전문가만 책을 쓸 수 있다는 인식에서 많이 벗어났기 때문이기도 하다. 또한 그 이면에는 성황리에 횡행하고 있는 '책 쓰기 수업'의 영향도 있을 것이다. 나 역시 책은 누구나 쓸 수 있고, 또 쓰여야 한다고 생각한다. 사람마다 경험과 생각이 다르고 그 다양한 경험과 생각은 드러낼수록 또 다른 경험과 생각으로 확장되며, 작가 자신뿐만 아니라 읽는 이의 경험과 생각까지 바꾸는 힘이 있기 때문이다. 무엇보다 많은 사람들이 작가가 되어서 콘텐츠가 다양화되고 재미있는 읽을거리가 쏟아져 나왔으면 좋겠다.

'잘 팔리는 기획이 무엇인지 모르겠다, 책은 쓰고 싶은데 무슨 책을 써야 할지 모르겠다, 책을 쓰는 동안 열정 마인드를 유지하기 힘들다'가 보통 일반적으로 예비 작가들이 가장 고민하는 것들이다. 그냥 밋밋한 삶에 자그마한 이벤트를 만들고 싶다거나, 불현듯(?) 내 이름 석 자가 박힌 책 한 권이 갖고 싶다거나 혹은 최대한 빨리 지금의 지긋지긋한 상황에서 벗어나고 싶다는 충동이 일어서 책을 쓴다면 이런 고민들에 스스로 답을 낼 필요가 없다. 그러나 근본적으로는 '잘 팔리는 기획이 무엇인지, 무슨 책을 써야 할지, 책을 쓰는 동안 마인드를 어떻게 유지할 수 있는지'는 작가 스스로 고민해야 한다.

새삼 '콘텐츠 크리에이터contents creator'라는 직업이 주목을 받고 있지만, 그전부터 작가는 늘 콘텐츠 크리에이터로서 살아왔다. 다만, 영상이 아니라 글로써 콘텐츠를 창작해냈던 것뿐이다. 사실 '어떤 콘셉트와 주제로 이야기를 만들어낼 것인가'부터 작가가 해야 할 일이다. 만약 누군가 정해주는 대로 어찌해서 책 한 권을 냈다 하더라도 다음 책을 내기 위해서는 또다시 주제나 콘셉트를 잡아

줄 누군가를 찾아 의존할 수밖에 없다. 지금까지 내 삶을 내 맘대로 살지도 못했는데, 내 인생을 내 맘대로 살고 싶어서 시작한 책 쓰기를 또 남이 시키는 대로, 정해주는 대로 하게 된다니… 참으로 이상하고 아이러니한 일이 아닐 수 없다. 그런 의미에서 다른 책 쓰기 관련 책들에서 지겹도록 다룬 '책 쓰기 기술'이 아니라 나는 이 책을 통해 '책을 쓰는 작가로서의 마음가짐'에 대한 이야기를 다루려 한다.

또 다른 영역에서의 콘텐츠 크리에이터로서 '작가, 저자'라는 타이틀이 부끄럽지 않도록 이제부터라도 '글쓰기를 왜 해야 하는지, 왜 하고 싶은지' 스스로에게 묻길 바란다. 고민과 탐구의 과정을 즐길 수 있어야 그것이 진짜 즐거운 글쓰기이고 진정 자신을 위한 것이 된다.

책을 쓰는 것은
다른 사람의 삶에 영향을 미치는 작업만은 아니다.
책으로 인해
자신의 삶 또한 변하지 않으면 의미가 없다.

- 짐 콜린스

목차

2장 작가가 궁금해 하는 출판사의 속사정

2 작가를 위한 집필 안내서

1

작가가 된다는 것은

작가가 되기 위해
생각해봐야 할 것들

1장

작가는 콘텐츠 기획자다

작년 한 해 동안 우연한 기회로 예비 작가들을 만나 함께 이야기를 나눌 수 있는 시간이 있었다. 다들 하나같이 '지금의 삶을 바꾸고 싶다, 퇴사하고 싶다, 유명한 작가가 되고 싶다'는 열망을 안고 글을 쓰고 계시는 분들이었다. 그런데 그들과 이야기를 나눌수록 내 마음에 왠지 모를 허전함과 궁금증이 동시에 일었다.

'책을 쓰면 지금의 삶을 바꿀 수 있는 걸까?'

'책을 내면 당장 퇴사할 수 있는 걸까?'

'책을 쓰면 유명한 작가가 될 수 있는 걸까?'

정말 그렇게 될지도 모른다. 책을 써서 작가가 되면 인세를 많이 받아서 지금의 직장에서 벗어날 수도 있고, 작가라는 타이틀로 유명해져서 삶이 기적적으로 바뀔 수도 있다. 그러나 또 한편으로는 아닐 수도 있다.

몇 달 전에 한 20대 청년으로부터 원고를 하나 받은 적이 있다. 그 원고에는 어렸을 때부터 현재까지 자신이 겪어왔던 가정사, 사회 경험 이야기 등 원고지 약 600매 정도의 글이 적혀 있었다. 원고를 보내오며 그 청년은 '이 원고를 책으로 내려고 하는데 글이 좀 서투니 전체적으로 윤문을 해달라'는 주문을 했다. 며칠에 걸쳐 원고를 찬찬히 읽으며 부자연스러운 부분들을 손봐서 보내주었더니 출판에 대해 궁금한 것들이 있는데 물어볼 데가 없다며 자신의 고민을 털어놓았다. 대략 '어떤 직업을 가지고 살아야 하나 고민하다가 작가가 되고 싶어서 글을 썼는데 무슨 글을 써야 할지 몰라서 자신이 태어나 지금까지 겪었던 일을 원고로 만들었고, 작가가 되고 싶은데 작가는 돈을 별로 못 벌 것 같아서 계속 작가의 꿈을 꿔도 될지 어떨지 모르겠다'는 내용이었다. 모르긴 몰라도 아마 이 청년과 비슷한 고민을 하는 20~30대의 예비 작가들이 많을 것 같다는 생각이 든다.

가장 처음으로 '왜 작가가 되고 싶은가?'에 대해 생각해 보면 어떨까 싶다. 이 청년의 경우에는 어느 날 새벽, SNS에 올라온 짧은 글을 보고 너무나 공감이 되어 '짧은 글로도 사람의 마음을 움직일 수 있다는 게 매력적'이라는 이유에서 작가라는 꿈을 꾸게 되었다고 했다. 또 누군가에겐 다른 이유가 있을 수 있다. 어떤 이유이든 자신이 계속해서 스스로 동기 부여할 수 있고, 주변에서 들려오는 그 어떤 헛소리에도 자기 자신을 지키며 글을 써야 할 이유 하나쯤은 찾았으면 좋겠다.

작가가 되고 싶다면 글을 써야 할 것이고, 그렇다면 무슨 글을 써야 할지 고민이 되는 게 당연하다. 그게 바로 작가가 해야 할 일이다. '무슨 글을 써서 사람들에게 메시지를 주고, 재미와 감동을 전해 줄까?'를 끊임없이 고민하고, 자신의 경험을 통해서나 주변을 관찰하면서 얻은 통찰력으로 독자가 무언가 얻어갈 수 있는 글을 써서 발표하는 것 말이다. 사실 자신의 삶을 쭉 나열하는 것만으로는 매력적인 콘텐츠라고 볼 수 없고, 독자에게 어필할 수도 없다. 좀 더 깊은 생각이 필요하다. 무엇을 써야 할지 모르겠다면 기존에 나와 있는 다른 책들은 무엇을 콘셉트로 내세웠는지 관찰하고 분석해보는 것도 좋다. 책은 또 하나의 콘텐츠다. 그리고 항상 '그 콘텐츠를 왜 내가 만들어야만 하는지'에 대해서 의문을 가지고 그것을 스스로 해결해가는 글을 써야 한다.

누구는 작가가 되면 돈을 많이 번다고 말하고 누구는 돈을 많이 벌지 못한다고 말한다. 어느 쪽이 맞는 말일까? 인생은 단순히 '책을 쓰면 혹은 책을 내면' 바뀌는 것이 아니라 '내가 얼마나 이 책을 간절한 마음으로 쓰고 있으며 이 책을 통해 앞으로 어떻게 나아가고 싶은지'를 머릿속에 명확히 그리는 사람에게 다른 길을 펼쳐 보여준다고 생각한다. 다시 말해, 책을 쓴 이후의 삶 역시 본인이 하기 나름에 따라 바뀔 수도, 바뀌지 않을 수도 있다는 말이다.

인생을 변화시키기 위해서는 반드시 행동이 따라야 하지만 '책 한 권을 썼다'는 그 행위 자체로 모든 것을 바꿀 수 있는 것은 아니다. 자신의 고민과 성찰이 담긴 글을 진심을 다해 쓰는 것, 책이 나온 후 내가 한 말을 몸소 지켜가는 태도를 보여주는 것, 책을 통해 다른 인생을 만들기 위해 노력하는 과정이 절대적으로 필요하다.

2017년 한 해 동안 가장 많이 팔린 책으로 알려진 『언어의 온도』 이기주 작가의 인터뷰 기사를 본 적이 있다. '여섯 번의 실패 후에 달성한 성취이며 캐리어 한 가득 책을 넣고 시골 서점까지 가서 홍보했다'는 그의 말이 그저 '베스트셀러 작가'라고 포장하기에는 꽤나 무겁게 느껴진다. 그는 누구보다 절박함이 있었고, 여섯 번의 실패를 통해 어떤 글을 써야 할지 스스로 사색하며 고민했을 것이다. 글을 쓰고 책을 만드는 그 과정을 대하는 그의 태도, 책이 출간된 후에 자신이 할 수 있는 모든 최선을 다한 그 행동이 '베스트셀러 작가'를 만든 것은 아닐까.

삶이 의미가 있는지를 질문하는 대신
매일매일 순간마다 의미를 부여하는 것은 우리 자신이다.

- 빅터 프랭클

작가가 독자에게 줄 수 있는 것

    나름 책 쓰기 분야에서 잘나가고 있는 업체의 대표가 쓴 책을 읽어 본 적이 있다. 목차가 생각보다 세세하게 구분되어 있어서 내가 알지 못하는 새로운 내용이 들어 있을 거라는 기대로 읽게 된 책이었다. 그러나 책장을 넘기면 넘길수록 내 표정은 점점 굳어져 가고 실소까지 터져 나왔다. 예를 들면, 글이 대부분 이런 식이었다.

    '어떤 작가가 몇 년 동안 스스로 만든 기획과 원고로 투고를 해왔는데 한 군데의 출판사에서도 그 원고를 받아주지 않았고, 어느 날 그 작가가 자신을 찾아와 컨설팅을 받자마자 바로 다음 달에 생애 최초로 출판사와 계약을

맺었다.'

그 어떤 주제가 나와도 구체적인 방법은 없고 '자신을 만나 컨설팅과 조언을 듣고 바뀌었고, 변했다'로 끝을 맺었다. 결국 그 대표를 만나 컨설팅과 조언을 듣지 않는 이상 그 책에서 얻을 수 있는 건 아무것도 없었다. 물론 그런 노하우를 밝히는 것이 영업 비밀을 누설하는 거라고 말할 수도 있지만, 처음부터 끝까지 이런 글이라면 이 책은 고급스러운 전단지에 불과할 뿐이다. 어쨌든 그 책은 무언가 얻을 수 있을 거라고 기대한 독자에게 꽤나 큰 배신감을 안겨 준 책이었다.

보통 독자들 역시 나처럼 '이 책을 사면 내가 궁금해 하는 것들에 대한 답을 얻을 수 있겠지?' 하는 마음으로 비용을 내고 책을 구입한다. 그러나 겉만 뻔지르르하게 다 알려줄 것처럼 하면서 정작 내용이 비어 있다면 당연히 독자들은 속았다는 기분이 들 수밖에 없다. 더구나 요즘처럼 '인생을 바꿔준다'는 달콤한 말에 넘어가 누구나 책을 쓰는 시대에는 더욱이 이런 속 빈 강정 같은 책들이 넘쳐난다. 독자들에게 팔기 위해 책을 쓰면서도 정작 독자를 위한 생각은 1도 없는 그런 책들 말이다.

최근 들어 작가 본인을 위해 책을 쓰는 사람들이 많은

데 사실 '누가 이 책을 읽게 되는가?'를 생각해보면 결코 자기 자신만을 위해 책을 써서는 안 된다. 그 책을 읽는 독자들이 '무엇을 얻어갈 수 있는가?'가 더 중요하다. 꼭 자신이 가지고 있는 직업적인 노하우나 남들이 알지 못하는 숨겨진 정보 같은 것만을 말하는 것이 아니다. 독자들에게 재미와 감동을 주거나 한 번쯤 생각해 보게 하는 질문 등도 여기에 포함된다. 책을 통해서 '어떤 분야의 전문가'라는 인식을 독자들에게 심어주고 싶다면 알고 있는 것을 쉽고, 재미있고, 깊이 있게 풀어낼 줄 알아야 한다.

나름대로 이 업계에 종사하며 이런저런 사람들을 많이 만나 보았는데 오히려 자신이 가진 것을 꽁꽁 숨기고 "자세한 건 만나서 얘기해 줄게"라고 말하는 사람 치고 진정한 전문가는 몇 없었다. 다른 사람이 내 것을 빼앗아 갈까 봐 전전긍긍하는 사람은 크게 성공할 수도 없다. 결국 그들이 꽁꽁 숨기는 노하우라는 것도 사실 별것 아닌 경우가 많기 때문이다. 포장을 어떻게 하느냐에 따라 일반인들이 보기에 그들이 가진 능력이 대단해 보일 뿐이다.

글로써 내가 가진 능력과 재능을 알리고 싶다면, 진정으로 인생을 바꿔주는 책을 쓰고 싶다면 '독자가 무엇을 궁금해 할지, 내가 독자에게 내어줄 수 있는 것은 무엇인지, 내 책을 사는 돈이 아깝지 않을 만한 콘텐츠가 무엇인지'를 반드시 고민해 보길 바란다. 항상 협상(작가는 책을 팔아야 하고 독자는 돈을 지불한다는 의미에서)에서는 상대가 무엇을 원하는지를 아는 사람이 유리한 법이기 때문이다. 상대의 요구와 필요성에 대해 깊이 생각할수록 반대로 내게 필요한 상대의 협조를 이끌어낼 수 있다. 책을 쓰는 행위도 어떻게 보면 독자와의 비즈니스다. 스스로가 알고 있는 것, 남들도 알았으면 하는 것은 진정성을 담아 알려졌을 때 그 가치가 더욱 높아진다.

맞춤법을 알아야 할까?

결론을 먼저 말하자면, 굳이 알 필요 없다.

어차피 편집하는 과정에서 편집자가 3번 이상 교정, 교열을 볼 것이고 작가가 맞춤법까지 공부할 시간이 있다면 차라리 문장력을 기르는 데 그 소중한 시간을 쓰길 바란다. 다만, 오타는 좀 신경 쓸 필요가 있다.

예전에 예비 작가들을 상대로 원고 집필 강의를 하면서도 '작가가 굳이 맞춤법을 다 알 필요는 없지만 오타는 내지 않도록 주의하라'고 당부한 적이 있다. 오타가 너무 많이 보이면 편집자 입장에서는 '이 작가는 본인 원고에 애정이 없나? 너무 신경 안 쓴 거 아냐?'라는 생각이 든다. 그리고 오타가 남발한다는 것은 쓰고 나서 자신의 글을 다시 한 번조차 읽어 보지 않았다는 말과 같다. 하물며 편집자도 내가 쓴 것도 아닌 글을 3번이 넘게 정독하는데 작가가 자신의 글을 다시 보지 않는다는 건 작가 스스로에게도 부끄러운 일이고 그 책을 사 볼 독자들에게도 무례한 일이다.

가끔 작가나 혹은 번역자 중에 본인이 맞춤법까지 세세하게 정리하여 편집자인 내게 보내는 사람들이 있다. 처음에는 사실 참 유난이라고 생각했지만 그래도 자신의 결과물에 책임을 다하려는 모습이라 생각하고 이제는 긍정적으로 받아들인다. 문제는 그렇게 정리해서 보내주는 사람 치고 제대로 된 맞춤법을 알고 있는 사람이 드물다는 데 있지만.

한번은 이런 일도 있었다.

원고 내용 중에 '서른아홉 살'이라는 단어가 있었다. 작가가 '서른 아홉 살'이라고 띄어쓰기를 했기에 나는 바른 표현으로 고친다고 '서른아홉 살'이라고 수정했다. 그랬더니 작가가 "왜 이걸 붙였느냐"며 '서른 아홉 살'로 띄어쓰는 것이 맞는 거라고 언성을 높였다. 나는 설득하다 못해 국립국어원에 전화까지 해서 확인했고 결국은 '서른아

32

홉'을 붙이는 것으로 수정했다.

국어가 참 쉬우면서도 어렵다는 생각을 이 직업을 통해 많이 느낀다. 띄어쓰기 하나만으로도 의미가 획획 바뀌기도 하고, 우리가 평소에 말로써 글로써 쉽게 쓰기 때문에 많은 사람들이 자신이 생각하는 게 맞는다고 주장하는 경우가 이따금 발생한다. 글을 고치는 일을 직업으로 하다 보니 난 알면 알수록 더 헷갈리고 어려운 게 국어라고 생각하는데 말이다.

작가라면 맞춤법보다는 흥미로운 콘텐츠를 만들어내는 것과 글의 표현력, 문장력을 기르는 데 더 집중하는 편이 낫다. '무엇이 좋은 표현력이고 문장력이냐?'라고 묻는다면 그건 각자 느끼는 바에 따라 다르다고 대답할 수 있겠다. 무슨 말이냐면 작가마다 성향이 있고 성격이 다 다르기 때문에 본인이 의도하는 바를 가장 잘 표현할 수 있는 어조와 문장을 사용했을 때 그게 가장 자연스럽고 작가 자신이 만족할 만한 글이 된다는 뜻이다.

나는 평소에는 꽤나 감정적인 사람인데 글은 반대로 좀 이성적인 편이다. 군더더기나 애매한 표현, 중언부언하는 글을 딱 싫어한다. 사실 말할 때도 그렇다. 성향은 굉장히 감성적인 편인데 감성적인 글이나 말은 못 쓰고 못 읽고 못하는 성향이다. 말이나 글은 항상 명확하게 표현했을 때 스스로 만족감을 느끼는 편이다. 그래서 솔직히 감성적이고 꽤나 여러 가지 수식어와 표현들이 붙은 글 편집을 할 때면 마음이 좀 힘들다. 그렇다고 모든 원고를 내 방식대로 고칠 수는 없기 때문이다. 최대한 작가가 전달하고자 하는 의미가 잘 전해질 수 있도록 가급적 글쓴이의 표현을 살려주어야 하는데 이 작업을 가장 신경 써서 해야 하는 분야가 바로 문학과 에세이다. 가장 어렵고 가장 힘들다.

어쨌든 표현력, 문장력을 기르기 위해서는 내가 글로 써 닮고 싶은 작가의 글을 계속해서 읽고 필사해 보고 '나라면 이 문장을 어떻게 바꿔서 쓸 수 있을까' 하고 꾸준히 연구해야 한다. 처음부터 글발이 좋은 작가는 거의 없다. 모방 후에 창작이 가능하다는 말처럼 많이 읽고, 많이 쓰고, 많이 생각하는 사람의 글이 성장하는 법이다. 내가 글발이 좋아지고 있는지 아닌지를 알 수 있는 가장 명확한 방법이 있다.

예전에 내가 쓴 글을 다시 읽었을 때 부끄럽고 어디 내놓기 쑥스러우면 성장하고 있는 것이다. 그 과정이 없으면 절대 글발은 나아지지 않는다.

내 원고에 맞는 출판사 찾는 법

앞서 출판사마다 주로 출간하는 분야와 성향이 다르다는 말을 했다. 아주 뚜렷하게 한 가지 분야만 파고드는 출판사가 있고, 다양한 분야의 책을 고루 출간하는 출판사도 있다. 원고를 쓰고 이제 투고를 앞두고 있다면 내 원고를 투고할 출판사를 선별해야 한다.

일단 서점에 나가보자. 먼저 내가 쓴 원고의 분야 코너로 향한다. 그리고 서점 매대와 서가에 놓인 책들을 쭉 보면서 내 책과 콘셉트가 가장 유사한 책들을 고른다. 일단 중대형 출판사인지 1인 출판사인지는 따지지 말고 내 책과 비슷한 책을 낸 출판사에서 나온 책들을 찾는다. 만약 내 원고와 콘셉트가 유사한 책이 없다면 같은 분야의 책을 출간한 출판사 중에 제목이나 표지가 끌리는 책들을 고른다. 최대한 많이 고른다. 어차피 한두 군데 출판사에만 투고해서는 승산이 없다. 최소 50군데 이상은 보내봐야 한다.

그렇게 책들을 골랐다면 본문 페이지 앞이나 뒤쪽에 발행일, 지은이 등이 적혀 있는 판권 페이지를 살펴보자. 보통은 이 판권 페이지에 출판사 주소, 전화번호, 팩스번호, 이메일 주소 등이 적혀 있다. 투고를 위해 이메일 주소를 메모하고 여러 책들을 살펴보며 수집한다. 이메일 주소를 적어왔다고 해서 바로 투고 메일을 보내기보다는 출판사가 운영하는 블로그나 포스트, SNS 등을 검색하여 어떤 생각을 가진 출판사인지 혹은 어떤 성향을 가진 출판사인지를 한번 알아보는 것이 좋다.

나는 SNS에 개인적인 생각들을 종종 적는 편이다. 가끔 책 홍보를 위한 글을 적기도 하지만 개인 계정인 경우에는 홍보보다 나의 생각이나 일상 글을 더 많이 올리는 편이다. 그러다 보면 비슷한 생각을 가진 사람들과 친구가 되고 서로 비슷한 관심사를 주제로 대화를 나누게 된다. 알고 있는 분 중에 '웹친구로 지내보니 서로 생각이 비슷하고 관심사가 같기 때문에 자신의 글을 가장 잘 이해하고 애정을 보여줄 수 있는 편집자라는 이유로 내가 운영하는 출판사를 선택한 작가도 있다.

요즘은 큰 출판사나 작은 출판사나 계약 조건은 비슷하다. 작은 출판사라고 해서 책을 못 만들고 못 파는 것도 아니고, 큰 출판사라고 해서 내 책을 더 잘 팔아준다는 보장이 없는 것도 사실이다. 고민해봐야 할 것은 출판사의 규모가 아니라 '내 원고를 얼마나 잘 이해해주고, 얼마나 흥미를 가지고 있으며 얼마나 내 원고를 잘 다루어 줄 출판사를 만날 수 있을까?'이다. 최대한 그런 출판사를 찾으려고 노력해야 한다. 전해 들은 이야기 중에 이런 일도 있었다.

어느 작가가 첫 책 원고를 써서 드디어 여러 출판사에 투고를 했는데 생각보다 많은 출판사로부터 긍정적인 답을 들은 것이다. 그중에 나름대로 이름 좀 들어본 중형 출판사와 작지만 그동안 출간한 책들의 결과가 나쁘지 않은 출판사 중에 고민하다가 작가는 결국 중형 출판사를 선택했다. 그러나 작가의 기대와 달리 출간 후 별다른 홍보도 없고 판매 의지를 보이지 않아 적잖이 실망을 하고 마음고생을 좀 했다는 이야기를 들었다.

첫 책을 내는 작가일수록 대형 출판사와의 계약을 바라는 경우가 더 많다. 아무래도 남들에게 말할 때 더 폼이 나고 작가도 큰 출판사에서 책이 출간되었다는 데 자신감이 생기기 때문이다. 말하자면 본인의 만족이다. 오히려 책을 몇 권 내본 작가는 규모에 상관없이 내 원고에 집중해 주는 출판사를 더 선호하기도 한다.

중대형 출판사의 경우에는 거의 2~3년 치의 굵직한 출간 계획이 이미 정해져 있다. 그리고 사이사이에 출간 계획이 틀어지거나 연기되면 투고 온 원고 중에 빨리 진행하여 판매할 수 있는 것들을 출간한다. 반면에 규모가 작은 출판사나 1인 출판사는 투고 원고가 대형 출판사에 비해 많지 않기 때문에 대부분 외서를 번역해 내거나 책에 대한 아이디어를 내고 저자를 직접 찾아 나서는 기획 출판으로 한 건씩 진행해 나가는 경우가 더 많다. 그렇다 보니 한 권 한 권 진행하는 책이 잘 팔려야 한다는 긴장감과 중압감이 훨씬 크게 느껴지는 게 사실이다.

어느 출판사와 함께 책을 만들든 그것은 작가의 선택이다. 무엇이 더 좋고 나쁜 것이 없다. 작가 본인이 만족하면 그것이 가장 좋은 선택이다. 다만, 아무런 기준 없이 출판사를 고르지는 않았으면 하는 바람이다.

'누구나 3개월 만에 책을 쓸 수 있다.'

'우리는 2개월 만에 책 한 권을 쓸 수 있는 노하우를 알려준다.'

글을 쓰고 책을 쓰는 데 관심이 있는 독자라면 이런 광고 문구를 많이 보았을 것이다. 사실 2개월이니 3개월이니 하는 기간은 강의의 커리큘럼이 진행되는 기간에 불과할 뿐, 그 수업을 듣는다고 해서 누구나 3개월 만에 책을 써 내지는 못한다. 책을 쓰는 기간은 작가가 가진 사고의 능력과 수업을 받아들이는 흡수력, 개인의 성향과 스타일, 독서력, 행동력 등에 따라 다르다. 책 쓰기 수업에서 '기간'을 강조하는 이유는 작가가 수업은 수업대로 듣고 나중에 혼자서 글을 쓰려고 하면 스스로 동기부여 하기도 힘들고, 자꾸만 미뤄지기 때문이다. 그러니 강의가 진행되고 일명 글쓰기 코치가 따라 붙어 있는 기간 안에 작가가 원고를 쓸 수 있도록 하는 것이 업체에게도 작가에게도 가장 효율적이다.

나 역시 잠깐 책 쓰기 집필 코치로 활동하면서 여러 케이스의 예비 작가들을 만났다. 그들이 가진 고민과 걱정, 불안 중에 가장 큰 것이 바로 '책을 쓰는 시간을 내는 일'이다. 보통 직장생활을 하며 혹은 자신이 사업체를 운영하며 책을 쓰려는 경우가 많은데 피곤한 몸을 부여잡고 아침 새벽 시간이나 늦은 밤 시간을 투자하여 책을 쓴다는 건 사실 말처럼 쉬운 일이 아니다. 그만큼 책을 써야 하는 간절함이 있거나 절박함이 있지 않다면 말이다.

나는 평소에 원고 작업 관련해서 일이 많은 편이다. 프리랜서이기 때문에 시간은 비교적 자유롭게 쓸 수 있지만, 내가 도전해 보고 싶은 일은 물불 가리지 않고 무조건 해 보는 스타일이라 늘 시간 부족에 시달린다. 한마디로 일 욕심이 하늘을 찔러서 스스로를 괴롭게 하는 스타일이랄까. 내가 출판사를 시작한 것도 아이를 낳고 나서

2년 후쯤이었고, 출판사를 하면서도 집필 강의 의뢰, 외주 편집 의뢰 등을 웬만하면 거절하지 않고 다 해내는 편이다. 모든 일에 마감이라는 게 정해져 있다 보니 아이가 아침에 깨어나기 전, 잠든 후, 유치원에 가 있는 시간, 누군가 잠깐 아이와 놀아주는 시간 등을 깨알같이 활용해서 원고를 수정하고, 출간할 책을 만들고, 집필을 하고, 출판사에서 요청하는 일들을 처리한다. 심지어 외출 준비를 하는 잠깐 사이에도 내가 먼저 준비를 마치면 다른 가족들이 준비를 하는 사이에 틈새 업무를 처리한다. 휴일에는 대부분 아이를 돌보지만 이른 새벽 시간이나 아이가 낮잠을 자는 시간에는 어김없이 작업을 한다. 나도 사람인지라 시간을 그렇게 쪼개 쓰는 것이 피곤하고 힘들다. 늦게까지 잠도 마음껏 자고 싶고 자유 시간도 가지고 싶지만 일에 있어서 성취하고 싶은 것들이 많다 보니 나름대로의 절박함과 긴장감이 있기 때문에 버틸 수 있다.

책 한 권을 쓰는 데 정해진 기간이라는 건 없다. 다만 한없이 늘어져서는 안 된다. 기간을 정해두고 가능한 한 그 기간 안에 끝내려는 태도가 중요하다. 나는 일상생활을 하면서도 생각이 많은 편이다. 꼭 일 생각이 아니더라도 주변을 관찰하고 생각하는 걸 즐긴다. 그러다 보니 글을 쓸 때 평소 생각해봤던 것들이 많이 튀어나오는 편이다. 이 책 역시 몇 년 동안 머릿속에서만 생각하던 것들을 하나씩 꺼내는 중이라 한 꼭지를 쓰는 데 짧게는 30분, 길게는 2시간 정도밖에 걸리지 않는다. '생각은 오래, 집필은 짧게'가 내가 가진 스타일인 것 같다. 한번은 책 한 권 분량인 800매의 원고를 9일 만에 쓴 적도 있다. 대필 의뢰로 쓰게 된 워킹맘의 이야기였는데 같은 입장이다 보니 술술 써졌던 것 같다. 그렇다고 해서 대충 썼다거나, 작가의 이야기가 충분히 들어가지 않았다거나, 내용이 부실하냐면 그렇지도 않다. 출판사와 작가도 만족스러워 했고, 작년 봄에 출간되었는데 지금까지도 잘 팔리고 있는 걸 보면 독자의 반응도 나쁘지 않은 것 같다. 그동안 많은 작업을 하며 나름대로 훈련된 기술이 있었고, 평상시에 나도 생각해봤던 것들이었기 때문에 이처럼 단기간에 집필이 가능했다.

분명 작가마다 더 편한 방법들이 있을 것이다. 그리고 그런 방법들은 글을 써봐야 알 수 있고, 늘어가는 것이다. 중요한 것은 이왕에 글을 쓰기로 했다면 반드시 끝내보라는 것이다.

당신은 실패했을 때 끝나는 것이 아니라,

멈추었을 때 끝나는 것이다.

- 리처드 밀하우스 닉슨

투고 거절 이겨내기

출판사 운영 초반에 한 작가로부터 투고 메일을 받았다. 이미 여러 권의 책을 출간한 경력을 가진 작가였고, 1인 연구소를 운영하며 각종 미디어에도 노출이 되던 작가였다. 나는 작가의 유명세보다 원고의 퀄리티가 더 중요하다고 생각하는지라 그가 보낸 원고를 꼼꼼하게 검토했다. 이전에 출간했던 책들에 비해 콘셉트가 약했고, 내용도 명언 위주의 자기계발류였던 것으로 기억한다. 나는 최대한 예의를 갖춰 원고를 검토하며 느낀 사항과 거절 사유를 적어 회신을 보냈다. 며칠 뒤, 황당한 답변이 돌아왔다.

'신생 출판사인 것 같은데 나 같은 저자를 다시 잡을 수 있을 것 같아요? 기존에 거기서 나온 책도 별것 없던데 그 책들에 비하면 내 원고는 고맙습니다 하고 받아도 시원치 않을망정 이제 막 생긴 출판사가 이것저것 따질 입장이 되나? 나 같은 경력 저자가 신생 출판사에 투고한 것만으로도 감사해야지. 뭔데 내 원고를 거절해!'

이 메일 한 통으로 그의 인성이 드러나고 말았다. 나는 더 이상 대화할 가치가 없다는 판단에 회신하지 않았다. 이후로도 최근까지 그 작가는 여러 출판사에서 책을 펴내고 있지만 그의 원고를 거절했다는 건 절대 후회하지 않는다. 간혹 '출판사라면 질이 떨어지는 원고를 받아서 크게 키울 수 있는 능력이 있어야 한다'고 조언하는 이들도 있다. 물론 그런 능력이 중요하다. 특히나 작은 출판사라면 더더욱. 그러나 출판사의 소중한 인력과 자본을 그런 인성을 가진 작가에게 투자하고 싶지는 않다.

작가에게는 원고가 마치 배 아파 낳은 자식과 같다는 걸 잘 알고 있다. 나 역시 끊임없이 글을 쓰고 만져온 사람이기 때문이다. 많은 시간을 투자해 생각하고 고민하며 글을 썼을 것이고, 좋은 곳에 보내서 멋지게 재탄생하길 바랄 것이다. 그러나 출판사에도 각자 상황이 있고,

주로 다루는 분야나 성향이라는 게 있다. 출판사라고 해서 무조건 모든 원고를 다 받아서 출간해야 하는 것은 아니다. 투고 후 출판사로부터 긍정의 회신이 오면 더없이 좋겠지만 만약 거절의 회신을 받았다면 '무엇을 보완하면 될지, 어떤 콘셉트로 수정이 필요한지'를 고민하여 수정하고 보충할 수 있어야 한다. 거절한 출판사의 의견이나 사유를 분석해서 해당 부분을 보완한 뒤 다시 투고하면 성공 확률을 높일 수 있다.

오랜 시간 나와 블로그 이웃을 맺고 있는 작가가 있다. 첫 책을 중형 출판사에서 출간하고 두 번째 책을 준비하며 나에게도 기획안과 원고 일부를 보내주었다. 작가의 첫 책은 에세이였는데 두 번째 책 역시 비슷한 느낌으로 쓴 에세이였다. 요즘 에세이 분야는 뚜렷한 콘셉트보다 위로와 공감이라는 키워드로 포장되어 작가의 일상에 감정을 담아 쓴 책들이 많이 출간되고 있다. 분명 이 작가의 첫 책은 그랬으나 두 번째 책은 형식만 에세이일 뿐 내용은 자기계발서에 더 가까웠다. 그래서 '첫 책은 예쁜 에세이로 출간해 봤으니 다음 책은 앞으로 하시는 일에 도움이 될 대표 저서급의 자기계발서를 출간하시라'고 조언하며 콘셉트를 명확히 정해주었다. 결국 우리 출판사와 계약을 맺었지만, 콘셉트가 희미할 때는 긍정적인 답변을 주는 출판사가 거의 없었는데 바꾼 기획안과 콘셉트로 다른 출판사에 투고를 해본 결과, 몇몇 대형 출판사에서 계약하자는 회신을 받았다고 말씀하시며 기획의 중요성을 느꼈다고 덧붙이셨다.

이처럼 투고가 거절됐다고 해서 지나치게 낙담하고 좌절할 필요는 없다. 무엇이 문제인지를 파악하여 그 부분을 수정한 후 다시 진행하면 된다. 간혹 출판사의 거절에 감정적으로 대응하는 작가들이 있는데 군이 출판사에 나쁜 이미지를 남길 필요는 없다. 물론 사람이기에 감정이라는 게 먼저 반응하기 쉽지만, 조금 더 이성적으로 생각해서 오히려 거절을 이겨내고 내 기획안 혹은 콘셉트를 더 탄탄하게 만들 수 있는 좋은 기회라고 생각하면 어떨까 싶다. 유명하고 잘나가는 작가들 역시 숱한 거절을 이겨내고 지금의 자리까지 올 수 있었다는 것을 기억하자.

내 원고를 출판하는
여러 가지 방법

원고를 써서 출판사에 투고하여 계약이 성사되면 작가가 선인세 받고 출간하는 방식을 보통 '기획출판'이라고 한다. 또 출판사 기획부에서 '이런 주제로 책을 만들면 좋을 텐데'라는 아이디어가 나와서 직접 작가를 섭외하고 서로 구성과 원고에 대해 논의하며 책을 만들어가는 방식도 마찬가지로 '기획출판'이다. 기획출판은 판매가 어느 정도 이루어질 거라는 확신이 있을 때 출판사에서 모든 비용을 투자하여 책을 만들고 출간 이후 마케팅에도 엄청난 공을 들이게 된다. 사실 작가 입장에서는 출판사에서 모든 것을 맡고 책임지는 '기획출판'으로 출간하는 것이 베스트이고 가장 바라는 출간 방식이다.

요즘 200~300만 원 정도의 비용을 내면 출판사에서 책을 만들어주는 '자비출판' 방식이라는 것도 있는데 '책 한 권이 유통되는 데 드는 비용'이라는 글에서 밝혔듯이 사실상 200~300만 원이라는 돈은 인쇄 부수에 따라 다르지만 종이 값+인쇄비 정도에 불과하다. 즉 자비출판이라고 해서 작가가 출판에 필요한 모든 비용을 대는 건 아니라는 것이다. 작가가 '자비'를 보태어 책을 제작한다는 의미라면 맞는 말이지만. 이러한 자비출판이 활발해진 이유는 일단 출판시장이 위축되어 있기 때문이다. 책을 내고 싶어 하는 사람은 많은데 출판사 입장에서는 '팔릴 만한 원고'가 없고, 조금이라도 투자 대비 손실을 줄이기 위해 작가와 공동으로 비용을 대고 출간하는 사례가 많아지는 것이다. 또 자비출판만 전문적으로 하는 출판사가 있는데 디자인이나 편집을 내부 인력으로 해결하고 인쇄비 정도만 받아서 출간 종수를 늘리면 어느 정도 운영이 가능할 수도 있겠다는 생각이 든다. 작가 입장에서는 비용을 내야 하기도 하고 출간 후 홍보도 거의 이루어지지 않기 때문에 가장 피하고 싶은 출간 방식이기도 하다.

간혹 나도 '자비출판'을 권할 때가 있다. 독자들이 많이 찾지 않는 분야의 원고를 받거나 원고에서 잘 팔릴 만한 요소를 발견하지 못했을 때 조심스럽게 "자비출판으로 진행해 보시는 건 어떨까요?"라고 말씀드린다. 거의 돌아오는 반응은 "비용을 내야 하는 건 좀 부담스러워서요"다. 물론 작가로서는 좀 부담스러울 수 있다. 10~20만 원도 아니고 백 단위가 넘어가는 비용을 선뜻 지불하기란 어렵기 때문이다. 그런데 그건 출판사 입장에서도 마찬가지다. '출간을 정말 해보고 싶다면 비용을 마련해서라도 자비출판을 한번 해보면 좋을 텐데…'라는 생각이 드는 것도 사실이다. 돈 벌자고 이런 생각을 하는 게 아니라(사실 돈도 안 된다) 책을 한 번 내보면 그 경험이 공부가 되고 '어떻게 하면 독자들도 좋아하는 책을 만들 수 있을까?'라는 생각을 스스로 깨달아서 하게 되기 때문이다. 작가라면 절대 잊지 말아야 할 것이 바로 '내 원고는 내가 읽으려고 쓰는 게 아니라는 점'이다. 특히 내 책이 잘 팔렸으면 좋겠고, 작가로서도 유명해지고 싶다면 독자들의 어떤 부분을 내가 건드려 줄 수 있는지를 고민해야 한다. 그것이 위로든 공감이든 문장력이든 정보든 무엇이든 좋다. 내가 이 책을 쓰게 된 동기는 예비 작가들에게 좀 더 구체적이고, 올바르고, 명확한 책 쓰기 안내서가 있었으

면 하는 바람에서다. 이처럼 독자의 타깃과 책의 목적이
뚜렷하면 할수록 좋다.

다시 출판 방식 이야기로 돌아와서, 요즘 새롭게 '반기
획출판'이라는 방식도 눈에 띈다. 일반적으로 반기획출
판을 하는 업체들은 '원고를 받아 보고 판매 가능성이 보
이면 작가와 출판사가 공동으로 투자하는 방법이며 판매
증진을 위한 출간 후 마케팅도 적극적으로 해준다'고 한
다. 말하자면 기획출판과 자비출판의 절충 방식인 셈이
다. 보통 자비출판보다 작가의 부담 비용이 약간 적고 인
세 비율이 자비출판에 비해 20% 정도 낮다. 인세에 대해
서는 '인세는 어떻게 받는가'라는 글에서 좀 더 자세하게
풀어보도록 하겠다.

투고에서 거절이 되었더라도 정말 간절하게 책을 한번
내보고 싶다면 자비출판이나 반기획출판 등을 진행해서
라도 출간 경험을 한 번쯤 가져보는 것을 추천한다. 아무
래도 출간 경험이 있으면 이후에 다른 책을 계약하는 데
있어서도 조금은 수월해질 수 있고, 출간을 해봄으로써
내 책이 세상에 나오는 과정을 경험해 볼 수 있으며 작가
가 된다는 것이 어떤 느낌인지 몸소 겪어볼 수 있기 때문
이다. 무조건 정해진 혹은 안전하다고 알려진 방법으로

만 가려 하지 말고 여러 방법을 통해서 내 책을 세상에 한 번 발표해 보는 기회를 가져보길 바란다.

책이라는 것의 쓸모

몇 달 전, 평소 알고 지내는 지인으로부터 연락이 왔다. 자신이 약국을 30년 정도 운영하며 연구한 것이 있는데 그것을 책으로 내고 싶다는 것이었다. 전문 작가가 아니다 보니 원고를 손봐야 할 것도 많고 서로 오래 알고 지낸 사이라 지인이 제작비용의 일부를 지원하여 출간하기로 합의했다. 계약서를 쓰기 위해 미팅을 갖고 계약 내용이라든지 비용이 어떻게 쓰이는지 등을 나름대로 충분히 설명해드렸다. 가볍게 점심까지 먹고 헤어져 사무실에 돌아왔는데 그분으로부터 메시지가 왔다.

'그럼 책 한 권이 원가가 얼마인 거예요?'

'손익분기점은 몇 부죠?'

'제가 들인 돈을 회수하려면 몇 부 팔아야 돼요?'

메시지를 보는 순간 어떻게 설명을 드리면 이해하시기가 좋을지 고민에 빠졌다. 아직 책이 어떤 형태로 나올지 알 수가 없어서 정확한 책 한 권의 단가를 뽑을 수도 없을뿐더러 단가 없이 원가니 손익분기점이니 하는 것들을 계산할 수도 없기 때문이다. 그래서 대략적으로 단가를 책정하고 어림잡아 계산한 수치들을 알려드렸다. 그리고 이렇게 덧붙였다.

'책 한 권 파시는 것도 중요하지만 책을 작가님의 명성을 높여줄 도구라고 생각하시면 어떨까요? 일단 책이 나오면 작가로서 또 이런 책을 펴낸 약사로서 작가님에 대한 이미지와 가치가 높아지는 거거든요.'

그냥 말이 좋아서 한 얘기가 아니다. 물론 책은 상품이지만 책을 출간함으로써 작가가 얻는 것은 꼭 반드시 물질적인 것에만 있지는 않다. 실제로 자신의 분야에서 이미 전문가이신 분들인데 본인의 저서가 없어서 더 받을 수 있는 강의료를 낮춰서 받거나 본인이 하는 강의에 자신의 저서로 교육을 해야 하는데 남이 쓴 책으로 교육을 할 수밖에 없다든가 하는 일이 종종 있다. 정치인이나 연예인이 책을 쓰는 경우 역시 책 팔아서 돈을 벌려는 목적 때문만은 아니다. 연예 활동 외에 그동안 자신이 개인적으로 해왔던 것들을 책으로 묶어 냄으로써 '이런 것도 하는 사람'이라는 이미지를 만들고 출간을 통해 그 업적에 대한 하나의 종지부를 남기게 된다. 대통령으로서, 시장으로서 혹은 국회의원으로서 출마하기 위해 자신의 이미지를 긍정적으로 포장하고, 그동안 어떻게 살아왔는지에 대한 인간적인 면, 당선되면 어떤 정책과 시정을 펼칠 것인가에 대한 포부 등을 담은 출사표의 의미로 자신의 책을 출간하는 정치인들의 사례도 많다. 이처럼 책은 내가 하는 일을 더 잘되게 해줄 뿐만 아니라 내가 이 분야의 전문가라는 인식까지 함께 심어주는 것이다. 단순하게 책을 많이 팔아서 인세 많이 받겠다는 생각보다 '이 책을 써서 나는 어떤 분야의 작가가 되고 싶고 어떤 길을 개척하고 싶은가 혹은 앞으로 어떤 활동을 하는 사람이 되고 싶은가'를 생각해 보길 바란다. 책을 잘 활용하여 일종의 내부가가치를 높이는 것이다.

콘텐츠를 만들어 글을 쓰고 책을 펴내는 작가가 되기로 마음을 먹었다면 '전문 작가'가 되고 싶은 건지, 지금 하는 일 말고 전직을 위한 발판으로 책을 쓰고자 하는 것인지, 이미 어느 분야에 전문가인데 이 일에 있어서 내가 전문가임을 공식적으로 공표하고 싶은 것인지를 명확히 정할 필요가 있다. 그리고 확실히 정했다면 그 목적에 맞춰서 책을 집필해야 한다. 교재로 쓸 책이라면 수업에 꼭 필요한 내용들을 중심으로 집필하면 되고, 전문가임을 알리고 싶다면 자신이 알고 있는 분야에 대해 최대한 많은 정보를 알기 쉽게 담으면 된다.

책은 내가 어떻게 활용하느냐에 따라 그냥 종이쪼가리에 불과할 수도 있고, 내 몸값을 높여주는 도구가 될 수도 있다.

가족을 뒤로하고 책을 쓰는 마음

　요즘은 육아빠들(집에서 전담으로 육아를 하는 아빠)이 참 많아졌는데 내가 2015년에 출판사를 시작하면서 남편도 육아빠가 되었다. 하루 종일 아이를 케어하고 집안일을 하기 시작하면서 남편은 생각보다 엄청 힘들어 했다.

　"저녁에는 아이 좀 봐주지 그래? 그렇게 할 일이 많은 거야?"

　"주말인데 어디 나가서 바람이라도 쐬자. 밥도 해결하고…."

　어디서 많이 들어봤던 멘트들이 남편의 입에서 술술 나오니 처음에는 좀 웃기기도 했는데 시간이 갈수록 나도 어디선가 많이 들어봤던 멘트들을 입밖으로 쏟아내기 시작했다.

"나도 하루 종일 일하는데 저녁에 아이까지 봐야 돼?"

"주말에도 나 해야 할 일이 좀 있는데…."

내가 집안일을 하고 남편이 회사에 다닐 때도 서로를 이해하기가 힘들었는데 남편이 전업주부가 되어 입장이 바뀌어도 여전히 서로를 이해하기 힘들다는 걸 그때부터 서서히 알게 되었다. 처음에는 서운한 마음에 말다툼도 좀 했지만 어느 순간 내 욕심만 차리는 것도 이기적인 것 같다는 생각이 들었다. 어떻게 보면 내가 하고 싶은 것을 이뤄주기 위해 남편은 기꺼이 자신의 커리어를 내려놓고 희생을 하고 있는 것이나 마찬가지였기 때문이다. 자유 시간도 없이 집안일에 매여 있는 남편의 마음도 조금씩 보이기 시작했다. 그래서 저녁에는 특별히 급한 일이 아니면 저녁 식사 후 잠들 때까지 아이와 시간을 보내고 남편에게는 자유 시간을 주려고 노력한다. 혹시나 내가 토요일에 외부 일정이 있어서 외출을 해야 하면 일요일에는 남편이 자유 시간을 가질 수 있게 한다. 매번 그렇게 안 될 때도 있지만 어디까지나 서로 노력한다는 데에 그 의미를 두고 있다.

특히 기혼 직장인이면서 어린 자녀까지 있는 예비 작가들이 책을 쓰기 시작하면 배우자와 갈등을 겪게 되는 경우가 많다.

"나 혼자 좋자고 책 쓰는 줄 알아? 다 우리 가족이 더 풍요로워지기 위한 거야."

"나도 없는 시간 쪼개서 책 쓰는 거 힘들어. 좀 이해해 주면 안 돼?"

이런 말로는 사실 싸움만 날 뿐 배우자를 설득하기는 힘들다. 좀 더 현실적으로 책을 쓰는 시간을 만들어야 하는 이유에 대해 솔직하게 말하고, 틈틈이 가족을 위해 노력하고 있다는 것을 행동으로 보여줘야 한다. 예를 들어, "나 이 책 써서 정말 작가가 한번 돼보고 싶어. 어릴 때부터 내 꿈이었거든. 내가 책 한 권을 다 써서 실제로 출간하면 당신도 당신이 원하는 거 할 수 있게 내가 시간과 비용을 투자해 줄게"처럼 말이다. 주말에는 오전, 오후로 시간을 쪼개서 오전에는 책을 쓰고 오후에는 잠깐이라도 가족과 함께 식사를 하고 바람을 쐬는 시간을 가지는 것도 방법이다.

난 솔직히 책 한 권 쓰는데 무슨 전투라도 하듯이 모든 인간관계와 자유 시간을 차단해야 한다고 생각하지 않는다. 생활의 모든 걸 통제한다고 해서 글이 더 잘 써지는 것도 아니고 사람에 따라서는 오히려 스트레스만 더 쌓일 수도 있다. 가족들과 함께 보내는 시간, 좋은 사람과 이야기를 나누는 시간, 영화를 보고 책을 읽는 그 시간들을 절대 버리는 시간이라고 생각하지 않았으면 좋겠다. 그 시간들이 있어서 내 글감이 만들어지는 것이고, 느껴지는 것이 있어야 표현도 나오는 법이다.

한 자 한 자 고심해서 단어를 고르고 문장을 지어내는 시간이 고통이 되어서는 안 된다. 무엇을 하든 그 순간에 온전히 몰입하고 즐길 수 있어야 삶이 조금은 더 재미있어지기 마련이다. 누군가와 함께 있는 시간도, 혼자서 글을 짓는 시간도 모두 소중하다는 걸 알았으면 좋겠다.

포기하지 않는 것도 용기다

책을 쓰다가 중도 포기하는 작가님들을 여럿 보았다. 그렇다고 해서 '난 왜 끈기가 없을까, 남들은 두 달 만에도 책을 쓴다는데 난 왜 안 될까' 자책하지 말자. 책을 쓴다는 것은 본래 쉬운 일이 아니다. 꼭 책을 쓰는 것이 아니더라도 누구나 잘하는 것 하나쯤은 있기 마련이다. 모든 걸 잘하는 사람은 드물다. 전에 어떤 작가님께서 나에게 "배우지 않아도 책 한 권 뚝딱 쓰실 수 있고, 아무리 허접한 글도 작가님 손만 거치면 깔끔하게 정리가 되니 매번 감탄하게 돼요"라며 부러움을 표현하신 적이 있다.

솔직히 글을 만지는 데 감각이 있다는 것은 인정한다.

잘난 척하는 게 아니라 누구든지 밥 벌어 먹고살려면 남들보다 뛰어난 그 '감각'이라는 게 있어야 한다. 그 작가님은 자신이 책을 써야 하기 때문에 내가 가진 능력이 부러워 보이는 것뿐이다. 누군가는 타인의 감정을 잘 헤아리는 감각이 있고, 누군가는 다양한 기술적 영역에서 그에 맞는 감각들을 가지고 있으며 협상이나 영업을 잘하는 사람들도 다 '감각'이 있기 때문에 성과가 그만큼 나오는 것이다. 그런 감각은 타고나는 것도 있지만 부단한 노력으로 갖게 되는 경우가 더 많다. 타고난 것도 스스로 발견해서 활용하는 노력이 없으면 아무 소용이 없다.

프롤로그에서 내게 있어서만큼은 이 직업이 천직이라고 밝혔다. 편집자가 천직이라고 자신 있게 말할 수 있는 가장 큰 이유는 '글과 내가 마주하는 그 시간이 행복'하기 때문이다. 작가들의 공간 '브런치'에 이 글을 공개한 이후 많은 라이킷과 공감의 댓글을 받았다. 그러면서 '아, 사람들도 역시 나처럼 간절하게 천직을 찾고 싶어 하는구나'라고 느끼기도 했다.

언젠가 스노우폭스 김승호 회장의 강연 영상을 보는데 "성공하는 것은 쉬워요. 성공할 때까지 계속하면 돼요."라는 말이 유독 마음에 남았다. 비슷한 맥락으로 나는 이렇게 말할 수 있을 것 같다.

"좋아하는 일을 찾는 건 쉬워요. 자신이 무엇을 좋아하는지 알게 될 때까지 찾으면 돼요."

좋아하는 일을 찾는 법은 어려우면서도 쉽다. 찾을 때까지 하면 된다고 생각하면 쉽고, 찾을 때까지 포기하지 않아야 하기 때문에 어렵다. 나 역시 머릿속에 떠오르는 생각만으로 '이 일은 내가 이런 점이 부족하니까 할 수 없고, 이 일은 이런 게 피곤해서 하기 싫어'라며 직접 해보지도 않고 여러 산을 쌓고 무너뜨리기를 반복하던 시간이 있었다. 사회에서 인정해주는 좋은 직업을 가지고 싶어서 몇 년 동안 공부했지만 잘되지 않아 포기한 적도 있다. 마치 결혼할 상대를 만나면 직감적으로 '아, 나 이 사람이랑 결혼하게 될 것 같아!'라는 느낌이 드는 것처럼 나역시 내가 만약 좋아하는 일을 찾게 된다면 '아, 나 이 일을 계속 하게 될 것 같아!'라는 느낌이 들게 될 거라는 막연한 믿음이 있었다. 말하자면 될 일은 내가 크게 노력하지 않아도 이루어질 거라는 신념 같은 것이랄까. 그래서인지 제일 처음 '편집자'라는 직업을 체험하기(?) 위해 구직을 할 때 당시 내 나이와 스펙에 비해 나름대로 역사와 전통을 자랑하는 남들이 보기 좋은 회사에 떡하니 붙었다. 부모님도 '열심히 해서 그 회사에 뼈를 묻으라'는 농담까지 하실 정도였다.

경험하지 않으면 정말 아무것도 알 수 없다. 재벌가에 시집가면 마냥 좋을 것 같아도 그것 역시 경험해 보지 않는 이상 모르는 것이다. 꿈을 찾는 사람들에게 가장 첫 번째로 해주고 싶은 말이 '제발 머릿속 생각만으로 그것을 찾을 수 있다고 생각하지 말라는 것'이다. 물론 하고 싶다고 해서 모든 경험을 다 할 수는 없지만 최선을 다해서 그것을 경험할 수 있는 기회를 만들어야 한다. 그리고 찾을 때까지 포기하지 않는 것도 용기다. 좋아하는 일을 하면 무조건 세상이 아름다워 보일 거라는 환상도 있는데, 좋아하는 일을 하는 사람도 물론 스트레스를 받는다. 다만 그것이 괴롭거나 고통스럽게 느껴지는 대신 '어떻게 해결할 수 있을까?'에 초점이 맞춰져서 그걸 기꺼이 감내하게 된다는 점이 조금 다른 것 같다.

작가로 사는 삶을 동경하는 사람들이 의외로 많다는 걸 안다. 그것 역시 해보면 알 것이다.

비판 받기 싫으면 아무 말도 하지 말고,
아무것도 하지 말고, 아무것도 되지 마라.
- 아리스토텔레스

작가가 궁금해 하는
출판사의 속사정

2장

내 원고가
책으로 만들어지기까지

　내가 쓴 원고가 어떤 과정을 거쳐 책으로 만들어지는지 궁금한 예비 작가들이 많을 것이다. 투고 원고의 경우에는 받은 기획안과 원고를 가지고 편집 회의를 거쳐 어떤 콘셉트를 잡을 것인지, 출간 일정은 언제로 할 것인지, 디자인 방향은 어떻게 잡을 것인지, 책의 크기나 종이 재질은 무엇으로 할 것인지 등을 논의한다. 회의에서 결정된 사항대로 편집자는 제목이나 부제, 카피 등을 설정하고 본문을 파일상에서 교정, 교열을 진행하여 디자이너에게 넘긴다. 원고를 받은 디자이너는 원고의 분위기와 분야 등을 고려하여 몇 가지 본문 시안을 만들고 또다시

회의를 거쳐 통과된 시안으로 전체 글을 조판하여 편집 자에게 교정지로 전달해 준다. 그리고 편집자가 2~3교를 보는 동안 디자이너는 표지 시안을 만든다.

이 과정이 진행되는 동안 마케터는 현재 있는 자료들로 할 수 있는 마케팅을 진행한다. 오프라인 마케팅은 책이 있어야 가능하므로 주로 온라인에서 책이 만들어지는 과정을 독자들에게 공개하여 신간 예고를 한다든가, 출간 전 미리 맛보기로 내용을 공개하는 콘텐츠를 만들어 SNS에 노출한다든가, 책 표지를 독자들에게 고를 수 있게 하고 나중에 책이 출간되면 증정하는 이벤트를 구상하는 등의 홍보를 맡는다.

디자인과 교정이 모두 마무리되면 인쇄소에 데이터가 넘어가고 인쇄소에서 인쇄, 후가공, 제본 등을 거쳐 배본처(물류창고)로 책이 입고된다. 비로소 책이 배본처에 입고되어야 이때부터 서점으로 출고가 가능해진다. 영업 담당은 신간이 나오면 책과 보도자료를 가지고 각 서점에 있는 분야별 담당자(MD)를 찾아가 미팅을 하고 초도 수량을 받는다. 초도 수량을 얼마나 받느냐에 따라 신간 매대에 잠시라도 머물 수 있느냐 아니면 바로 서가행이냐가 결정된다. 요즘은 점점 신간 매대가 좁아지는 추세여서 아주 잘나가는 책이 아니면 며칠 버티지 못하는 것이 현실이다.

이 과정은 큰 출판사나 작은 출판사나 동일하며, 출판사가 저자를 직접 찾아서 집필을 의뢰하는 경우와 외서 출간인 경우에는 각각 저자 섭외, 집필 의뢰 단계, 국내 에이전시를 통한 해외 저작권사와의 계약, 번역 단계 등이 추가된다. '번역'이라는 단어가 등장해서 말인데 이 책을 읽는 독자 중에 혹시 해외 도서를 번역하여 국내에 소개하고 싶은 분들이 있다면 반드시 주의해야 할 점이 있다.

예전에 지인의 소개로 국내에서는 아직 생소한 운동법을 가르치시는 분을 소개받았다. 사정을 들어보니 자신이 가르치는 운동법과 관련해서 외서를 하나 번역하고 있는데 이제 번역이 거의 다 되어 책으로 만들고 싶다는 것이었다. 그래서 내가 물었다.

"저작권사와 계약은 하셨나요?"

"계약이요? 전 그냥 책만 번역하고 있었어요. 계약을 따로 해야 하나요? 아마 이 분야 책은 저밖에 관심이 있는 사람이 없을 거예요. 한번 알아볼게요."

며칠 뒤 그분으로부터 연락이 왔는데 그 외서의 판권

이 이미 국내에 팔렸다는 것이다. 출판권은 독점이므로 나라마다 계약한 한 출판사에서만 제작·판매할 수 있다. 또한 개인이 아니라 반드시 출판사와 계약을 맺기 때문에 안타깝게도 그분은 그동안 번역한 수고가 아깝게 되고 말았다. 이처럼 일반인은 책을 만들기까지 어떤 과정이 필요한지 잘 모를 수 있다. 어느 분야든 그 속에서 실제 일을 하지 않으면 알기 힘든 부분들이 존재한다. 마냥 기다리거나 자신의 생각대로 일을 처리하기보다는 출판사와 자주 이야기하고 소통하며 궁금한 부분들을 해결해 나가는 것이 좋다.

원고에서 출간까지 WORKFLOW

기획(출판사 or 작가)

⬇

구성(출판사 or 작가)

⬇

샘플 원고 작성(작가)

⬇

계약(출판사 and 작가)

⬇

완전원고 전달(작가)

⬇

본문 교정 · 교열, 표지 제목 및 부제,
카피 설정(출판사)

⬇

디자인(출판사)

⬇

인쇄 발주(출판사) 및 제작(인쇄소)

⬇

보도자료 작성 및 서점에 신간 데이터 전달,
마케팅(출판사)

⬇

배본사에 도서 입고 및
서점 출고(출판사)

적당한 분량이 필요하다고?

투고 받았던 것 중에 원고지 약 280매 정도의 소설이 기억난다. 구체적으로 내용을 밝히기는 어렵지만 전개가 꽤나 흥미롭기도 했고, 등장인물을 둘러싼 상황도 나름대로 독특했다. 그러나 원고지 280매로는 책을 만들기가 어렵기에 '적어도 800매 이상은 되어야 책으로 만들었을 때 보기가 좋으므로 분량을 좀 더 채우시거나 아니면 단편들을 엮어 다시 투고해 주시면 검토해보겠다'는 회신을 보냈다. 이처럼 책을 만들기 위해서는 적당한 분량이 필요하다.

보통 경제경영서나 자기계발서에서 많이 보이는 판형

(가로 152mm, 세로 225mm의 책 크기, 신국판이라고 한다) 을 기준으로 한 페이지에 약 원고지 3.5매가 들어간다고 가정한다. 물론 한 페이지에 들어가는 글줄이나 행수, 글꼴, 디자인에 따라 다르지만 평균적으로는 그렇다. 그래서 편집자는 처음 원고를 받으면 대략 '책으로 만들면 몇 페이지쯤 나오겠구나'를 예측해 본다. 예를 들어, 원고지 800매 정도의 원고를 받으면 신국판 사이즈로 약 228페이지쯤 되고, 여기에 장 도입 페이지와 목차 페이지 등을 넣으면 약 240~245페이지쯤 나올 거라 예상해 보는 것이다. 그러고 나서 페이지가 좀 적다 싶으면 작가에게 추가 원고를 요청하거나 그게 불가능하면 도서의 크기를 신국판보다 작게 줄이는 방향으로 생각해 본다. 책의 크기를 결정할 때는 원고의 분량과 더불어 독자들의 선호도, 트렌드 역시 크게 고려한다.

예비 작가라면 특히나 책을 쓰려고 마음을 먹었다면 어느 정도의 양을 써야 하는지가 가장 궁금할 것이다. 일반적인 자기계발 단행본을 기준으로 원고지 매수로는 약 800매 혹은 한글 파일에서 글자 크기 10포인트 기준으로 85매 이상은 써야 한다. 그래야 책으로 만들었을 때 적당한 볼륨감이 나온다. 책의 분야에 따라서 원고량이 이보다 적을 수도 있는데, 사진이 주를 이루는 실용 도서의 경우에는 사진과 더불어 원고지 400매 정도의 원고량으로도 출간이 가능하다. 출판사에서 혹은 편집자가 원고량을 원고지 매수로 이야기하는 이유는 작가가 한글이나 워드 파일에서 다양한 글꼴과 글자 크기로 원고를 쓰기 때문에 명확한 기준을 설정하기 위해서이기도 하다. 원고지 매수로는 오롯이 글자 수에 대한 통계를 알 수 있기 때문에 보통은 '원고가 원고지 매수로 몇 장인가?'를 기준으로 삼는 것이다. 참고로 한글 파일에서 원고지 분량은 한글 창 상단에 파일을 클릭한 후 문서 정보 → 문서 통계 부분에서 정확히 확인 가능하다.

간혹 "분량이 적으면 일러스트나 사진을 넣어서 페이지를 늘리면 되지 않나요?"라고 질문하는 사람들도 있는데, 일러스트나 사진은 분량이 적다고 해서 그걸 채우기 위해 넣는 것이 아니다. 원고에 따라 편집부에서 필요하다고 생각되면 책의 분위기를 살리기 위해 일러스트나 사진을 넣도록 일러스트레이터나 디자이너에게 요청할 수 있다.

전체 분량 외에 한 꼭지의 분량에 대해서도 질문이 많다. 한 편의 글을 출판사에서는 '한 꼭지'라고 표현하는

데 요즘은 사실 이 한 꼭지의 분량에 대한 틀이 많이 깨졌다. 간혹 책 쓰기를 가르치는 사람들이 한 꼭지는 무조건 A4 기준으로 2장~2장 반 정도 써야 한다고 못을 박는 경우가 있는데 내 생각은 조금 다르다. 재미도 없고 의미도 없는 긴 글보다는 A4 1장이나 1장 반 정도의 분량으로 짧고 임팩트 있게 끝내는 것이 더 낫다. 대신 한 꼭지가 짧아지면 상대적으로 더 많은 개수의 목차가 필요하다. 즉 목차 개수를 늘리고 한 꼭지 글을 짧게 해도 무관하다는 것이다.

그리고 또 한 가지 주의해야 할 점은 꼭지마다 분량을 어느 정도 균일하게 맞춰줘야 한다는 것이다. 어느 꼭지는 1장, 어느 꼭지는 3장 이런 식으로 분량이 들쑥날쑥하면 디자인을 맞추는 데 있어서 어려움이 생길 수 있다. 또한 매 꼭지의 분량을 맞춰주는 것은 독자가 책을 읽을 때의 호흡과 리듬을 맞춰주는 일이기도 하다.

내 책 한 권이
유통되는 데 드는 비용

책을 내면 출판사로부터 '인세'라는 것을 받게 된다. 인세는 출간 후 판매분에 한해 정가의 몇 퍼센트를 출판사와 협의하여 받는 것(인세 지급 방식은 출판사에 따라 다를 수 있다)인데, 계약 후 바로 약간의 선인세를 주는 출판사도 많다. 인세 비율은 작가의 인지도나 기획안 등을 고려하여 약 6~10% 정도로 책정되며 선인세는 30~100만 원 정도가 보통이다. 요즘은 선인세가 이보다 더 적거나 아예 없는 출판사도 있다. 물론 작가의 인지도에 따라 인세 비율과 선인세 금액은 더 높아질 수 있다.

작가는 사실 출판사와의 관계에서 '인세' 부분만 잘 챙겨 받으면 그만이라고 생각할 수 있지만, 책 한 권을 유통하기 위해 출판사에서는 어느 정도의 비용을 투자하게 되는지 의외로 궁금해 하는 분들이 있어서 대략적으로 공개해 본다.

먼저 작가에게서 받은 원고를 책의 형태로 디자인하고 오타나 맞춤법 등 편집을 하기 위해서는 인건비가 들어간다. 요즘은 1인 출판이 활성화되어서 이 부분을 모두 외주로 했을 때 본문, 표지 디자인 비용이 약 300만 원, 편집비가 200만 원 정도이며 일반 단행본 1,000부 기준으로 종이 및 인쇄, 제본 비용이 약 300만 원 정도 발생한다. 제시한 비용은 거의 최소 비용이라 할 수 있고 디자인 퀄리티나 어떤 편집 작업을 하느냐에 따라 또는 고급 종이 사용, 양장 제본 등을 하면 비용은 이보다 훨씬 더 높아진다. 책이 출간되고 나서는 어떤 마케팅을 하느냐에 따라 추가로 비용이 발생되며 인쇄한 책을 보관하기 위한 물류비와 책을 서점에 발송하기 위한 배본비 등이 매달 고정적으로 들어간다. 그러니 출판사 입장에서는 책 한 권을 발행하여 서점에 유통하기 위해서 약 1,000만 원 이상의 투자가 필요한 것이고, 원고를 받으면 투자한 만큼 회수할 수 있을지를 고민하지 않을 수가 없는 것이다.

출판사 운영을 시작하고 나서부터는 주변에서 책을 만들어 달라는 요청이 꽤 많다. 주로 본인의 전문 분야에서 20년 이상 업을 이어오신 분들이 자신의 연구 성과를 정리하여 책으로 만들고 싶다거나 기업 내에서 교육용으로 쓸 책을 제작하고 싶다거나 혹은 자신의 비즈니스를 바탕으로 대중적인 책을 만들고 싶어 하시는 분들의 의뢰다. 사실 이런 문의 중에 대부분은 판매용 책이 아니기 때문에 거의 제작 대행 정도의 의미로 책을 만들어 드리곤 하는데, 제작비용에 대해 세세하게 내용을 공개하면 "책 만드는 데 이렇게 비용이 많이 드는 줄 몰랐다"는 반응이 의외로 잦다.

나 역시 출판사를 하기 전까지만 해도 구체적으로 책을 만드는 데 어느 정도의 비용이 들어가는지 전혀 몰랐다. 그러나 '내가 쓴 책 한 권이 독자들에게 닿기까지 어떤 과정이 있고 얼마큼의 투자가 되는지' 글을 쓰는 작가라면 반드시 알아야 한다는 생각이 들었다. 창업을 시작하는 사람들이 '내 사업은 무조건 대박이야!'라고 생각하는 것처럼 출판사에 투고를 하는 작가 역시 '내 책은 무조건 10만 부 팔릴 거야!'라는 포부를 가진다. 자신감을 꺾

고자 하는 것이 아니라 현실을 명확히 알아야 한다는 의미다. 출판사 역시 사업체이므로 투자한 것보다 더 많이 회수할 수 있는 아이템을 선정하는 것이 당연하다. 이를 인지하고 출판사에 어떻게 하면 내 원고를 효과적으로 세일즈할 수 있는지를 고민해야 한다. 내 책은 하나의 아이템이고 이 아이템을 제작하고 팔기 위한 투자를 받기 위해서는 출판사에 어떻게 어필해야 할지를 곰곰이 생각해 볼 필요가 있는 것이다.

출판사에서는
내 원고를 읽어볼까?

원고를 쓰고 나면 출판사를 선정하여 투고 메일을 보내게 된다. 투고 메일에는 원고와 더불어 원고에 대한 짤막한 기획안과 저자 소개, 목차 등이 기본적으로 구성되어 온다. 두근두근 설레는 마음으로 출판사의 답변을 기다릴 작가의 마음이 얼마나 애가 타는지 사실 모르지 않는다. 그래서 나도 시간이 허락하는 한 최대한 기획서와 원고를 읽어 보고 복사+붙여넣기가 아닌 회신을 하려 노력하는 편이다.

나의 경우에는 원고보다 저자 소개 글을 먼저 찾아서 보는 편이다. 스펙이 아니라 어떤 삶을 살아온 사람인지가 궁금해서다. 보통 저자 소개라고 하면 현재 하고 있는 일이나 학력, 저서 정도를 소개하는 경우가 많은데 가끔은 그런 틀을 깬 소개 글을 보내는 작가들도 있다. 예를 들면, 역경을 극복해온 스토리를 짤막하게 담는다거나 이렇다 할 스펙은 없지만 진심을 담아 자신이 작가가 되어야 하는 이유를 적었다거나 혹은 이 책을 통해 앞으로 이러저러한 미래를 만들어갈 인재라는 것을 어필한다거나 등등. 그런 글을 볼 때면 참 반갑고 한 번이라도 더 눈길이 가는 게 사실이다. 투고 원고들을 보다 보면 누군가 정해준 틀에 맞춘 듯한 획일적인 형식으로 기획안이나 소개 글, 원고 개요 등을 보내오는 경우가 많다. 대부분 누군가의 가이드에 따른 결과물이라는 것도 명시되어 있다. 그런데 생각해 보면 내가 지원하려는 회사가 어떤 인재를 원하는지도 모른 채 무작정 똑같은 이력서와 자기소개서를 50군데, 100군데 뿌리는 것과 다를 바가 없다. 출판사에 따라서는 형식이 똑같든 말든 저자 이력이 빵빵하고 원고 내용만 괜찮으면 된다고 생각할 수도 있다. 나는 스펙이 화려한 사람보다는 매사에 진심과 정성을 다하는 태도를 가진 사람, 점차 성장하고 발전하는 모습을 보여주는 사람이 좋다. 어쨌거나 내 개인적인 취향

일 수도 있지만 말이다.

저자 소개 다음으로는 기획안과 목차를 본다. 어떤 콘셉트를 가졌는지, 타깃은 누구인지, 어떤 필요 때문에 이런 원고를 집필하게 되었는지, 작가는 출간 후 어떤 마케팅을 할 수 있는지, 목차는 호기심을 불러일으키는지 등을 살핀다. 기획안과 목차에서 대부분 원고를 읽어볼 것인가 말 것인가가 결정된다. 이는 큰 출판사나 작은 출판사나 마찬가지다. 원고를 읽기 전에 기획안과 목차에서 이미 편집자의 마음을 사로잡을 수 있다는 것은 무엇보다 작가가 투고할 때 그 부분을 신경 써서 작성해야 한다는 의미이기도 하다. 기획안과 목차가 마음에 들면 가장 마지막으로 원고를 열어본다. 분량은 얼마나 되는지, 글은 어느 수준으로 수정하면 될지, 글이 술술 읽히는 편인지, 눈을 사로잡는 문장력을 가지고 있는지 등을 살핀다.

예전에 약간 당황스러운 투고를 받은 적이 있다. '첫 책을 출간해 보니 출판사에서 자신의 원고 전체를 갈아엎는 걸 보고 애써 원고를 써서 투고할 필요가 없다는 걸 알게 되었다며 콘셉트를 정해주면 자신이 거기에 맞춰 원고를 쓰겠다는 것'이었다. 말하자면 기획안도, 목차도, 원고도 없는 투고인데 무엇을 보고 투자를 결정하라는 것인지 전혀 알 수 없었다. 게다가 자신의 경험에 빗대어 모든 출판사가 '그럴 것이다'라고 단정하는 건 상대방에 대한 예의가 아니다. 원고가 있는데 콘셉트가 조금 약해서 보완해주는 취지로 출판사가 개입할 수는 있지만 애초에 아무것도 없는데 콘셉트나 주제를 일일이 정해줄 수는 없다. 출판사에서는 보내온 원고 기획이 트렌드에 맞는다는 판단이 들면 원고의 질이 조금 떨어지더라도 편집부에서 어느 정도 핸들링할 수 있고, 제목이나 부제 정도는 완벽히 작가가 정해두지 않아도 출판사에서 여러 안을 생각해보고 작가와 함께 협의하여 결정할 수 있는 부분이다. 그러나 애초에 콘셉트나 주제가 없는 원고는 사실상 출간을 결정하기 어려운 것이 사실이다.

출판사에서는 엄밀히 말하자면 모든 투고 원고를 다 읽어 보지는 못한다. 기획안과 목차를 중점적으로 훑어보고 마음에 들면 원고까지 면밀하게 검토해보는 것이 순서다. 간혹 원고를 빼고 기획안과 목차만 보낸 후 마음에 든다는 회신을 주면 원고를 보내겠다고 말하는 투고 메일도 종종 받는데 뭐 나쁘지는 않지만 굳이 그럴 필요가 있나 하는 생각도 든다. 어쨌든 투고를 할 때에는 명확한 콘셉트와 주제를 표현하고 저자 소개와 마케팅 계

획 등이 담긴 기획안과 목차를 빠짐없이 신경 써서 보내

도록 하자.

편집자는 내 원고를
어떻게 수정해줄까

작가가 출간 계약을 하고 나면 계약서에 완전원고 전달에 관련된 조항이 있는 것을 확인할 수 있다. 완전원고란 출판사에서 바로 출간 진행을 할 수 있는 상태의 원고를 말하며 작가는 출판사에 이 완전원고를 전달해야 할 의무가 있다.

솔직히 말하자면 예전에 비해 완전원고의 질이 계속해서 떨어지고 있다는 느낌이 든다. 오타가 있거나 문장 호응이 맞지 않는 것은 둘째 치고, 사실과 다른 내용을 확인도 없이 버젓이 쓰는가 하면 남의 글을 그대로 베끼거나 책으로 내기 민망할 정도의 저품질 글이 넘쳐난다. 스스로 사유하여 나온 글은 단 한 줄도 없고 어디선가 본 듯한 글들만 가져다 붙여넣기 한 글, 너무 자기 감정에 빠져서 정제되지 않은 채 날것 그대로 표현되어 민망함은 읽는 자의 몫인 글, 정작 글을 쓴 본인은 그렇게 살지 못하면서 독자들에게만 이래라 저래라 듣기 싫은 훈계 글을 늘어놓거나 자기계발서에 흔히 등장하는 누구나 할 수 있는 말만 나열되어 있는 글 등 다양하다.

몇 년 전에 청소년 분야 책을 전문적으로 출판하는 곳에서 이런 의뢰를 받은 적이 있다. '토론 책을 시리즈로 제작 중인데 문학편 원고가 그대로 출간하기 어려울 정도라 원고 전체적으로 리라이팅을 해 줄 수 있느냐'는 것이었다. 리라이팅이란 원고는 있지만 질이 매우 떨어지거나 출판사에서 원하는 방향이 아닌 경우, 있는 원고를 최대한 활용하여 전체적으로 원고를 다시 작성하는 작업을 말한다. 그 시리즈는 분야별로 중고등학교 선생님들이 집필을 맡아 진행하는 책이었는데 문학편 원고를 읽어보니 정말 리라이팅을 거치지 않으면 출간하기가 어려울 정도였다. 약 한 달 정도의 기간을 두고 원고는 내 손을 거쳐 재탄생되었고, 당시 담당자는 '그동안 이 원고를 핸들링해 줄 편집자를 찾기가 어려워서 출간이 미뤄졌었는데 이렇게 실물 책을 보니 감회가 새롭다'며 정성스럽게 쓴 손 편지와 책을 보내왔다.

또 자비출판을 위해 원고를 썼는데 아무리 봐도 원고가 마음에 들지 않는다는 작가의 의뢰도 있었다. 자비출판사에서는 맞춤법 외에는 봐주지 않고, 이대로 출간하자니 마음에 걸려서 한 번 전체적으로 원고를 수정하고 싶다는 것이었다. 이분의 원고 역시 몇 주의 시간을 들여 윤문 작업을 진행했고, 다행히도 결과물에 만족해 하셔서 이후 출간까지 순조롭게 진행이 되었다.

보통 출판사 소속 편집자 1명은 한 달에 평균 1권 정도의 책 출간 작업을 진행한다. 원고 핸들링 외에도 출판사 내 여러 가지 업무를 동시다발적으로 진행해야 하기 때문에 출판사 소속 편집자는 사실 원고 교정, 교열 정도(맞춤법, 띄어쓰기 확인)만 해줄 수 있는 경우가 많다. 원고를 전체적으로 매끄럽게 다듬어주는 윤문이나 아예 처음 원고 작성부터 관여하는 대필은 시간이 오래 걸리기도 하고 출판사에서 일일이 잡고 있을 수가 없기 때문에 외주 편집자에게 맡겨 처리한다. 출판사 소속 편집자와 외주 편집자는 서로 장단점이 있지만 내 경우에는 프리랜서로 활동하며 여러 출판사의 다양한 작업을 진행해 본 것이 개인적인 역량을 키우는 데에는 더 도움이 되었던 것 같다.

일단 원고를 쓰는 데 있어서 작가 스스로가 최대한 자신의 글에 대해 고민하고 애정과 정성을 쏟는 것이 먼저다. 단순히 분량을 채우는 것을 넘어서서 '이 글을 통해 무엇을 이야기하고 싶고, 그것을 어떻게 하면 더 읽기 좋은 글로 전달할 수 있을지' 생각해야 한다. 힘들고 고통스럽지만 고치고 또 고치는 과정에서 글은 더 깊어지고 좋아진다. 또한 편집자라면 누구나 작가로서 책을 낼 수 있는 시대의 흐름에 맞춰 원고를 자유자재로 다듬을 수 있는 능력을 기를 필요가 있다. 충분히 살릴 수 있는 좋은 기획인데 원고가 받쳐주지 않는다면, 원석을 보석으로 만드는 일을 편집자가 해낼 수 있어야 하는 것이다.

편집자는 신이 아니다.

자신의 원고를 편집자에게 모두 맡기려 하지 말자.

원고에 대한 책임은 작가에게 있고,

작가만큼 원고를 잘 이해할 수 있는 사람은 없다.

출간 방향에 맞지 않는다는 말

실제 출판사에서 투고 거절 멘트로 가장 많이 쓰는 표현이 '저희 출판사와 출간 방향이 맞지 않아서…'라는 말이다. 예를 들어, 요리책이나 건강 분야 등 실용 전문 출판사에 자기계발 원고를 투고하면 정말 말 그대로 '출간 방향'이 맞지 않은 것이다. 예전에는 한 출판사 이름으로 여러 분야의 책을 출간하는 '종합 출판사'의 이미지를 가진 곳이 더러 있었는데 요즘은 출판사마다 전문적으로 출간하는 분야가 정해져 있거나 혹은 종합 출판사라 하더라도 분야별로 브랜드가 세세하게 나뉘어져 있다.

내가 쓴 원고가 어느 분야에 속하는지 감을 잡기 힘들

다면 인터넷 서점에 들어가 보자. 인터넷 서점의 '분야나 카테고리' 부분을 살펴보면 '인문, 문학(시, 에세이), 자기계발, 경제경영, 여행, 청소년, 가정' 등 다양한 키워드들을 만날 수 있다. 그 분야들 중에서 '내가 쓴 원고가 가장 잘 어울리고 독자의 눈에 잘 띌 수 있는 곳'이 어딘지를 찾아야 한다. 가령 이런 경우가 있다. 어떤 작가가 '아이를 낳은 엄마가 되고 나서 자신을 성찰하고 진정한 행복이 무엇인지를 탐구한 에세이'를 썼다고 하자. 이 에세이는 '문학(에세이)' 분야로 봐야 할까? '가정생활(육아)' 분야로 봐야 할까? 이 책은 어느 분야로 가더라도 전혀 어색하지가 않다. 다만 이 책이 가장 돋보이고 잘 팔릴 수 있는 방향으로 분야를 잡아야 한다. 이렇게 애매한 경우에는 출간할 출판사가 정해주는 분야를 따르면 된다.

편집자가 투고 원고 파일을 열었는데 기획안이나 저자 소개, 원고를 아무리 봐도 딱히 마음을 사로잡을 만한 요소가 없다고 여겨져도 회신 메일에 '저희와 출간 방향이 맞지 않아서…'라는 문구를 타이핑하게 된다. 이는 사실 출판사에서 가장 완곡하게, 배려심 넘치게 거절할 수 있는 매력적인 문장이기 때문이다.

아무래도 출판사는 보고 듣는 정보가 많고 투고도 많

이 받기 때문에 (가장 큰 이유는 수익을 내야 하는 회사이기 때문에) 이 원고가 시장에서 잘 팔릴지 안 팔릴지를 가장 중점적으로 가늠해 보는 습성이 있다. 사실 잘 팔릴 것 같다는 생각에 출간했는데 기대만큼 반응이 시원치 않은 경우나 잘 안 팔릴 것 같아서 별 기대 없이 출간했는데 꽤나 반응이 좋은 아이러니한 경험이 더 많지만 말이다. 내가 편집했던 한 고전 시리즈는 출판사에서 약 10년 전쯤에 출간했던 책을 표지 바꾸고 교정, 교열만 해서 신간들 사이사이에 별 기대 없이 구색 맞춘다는 이유로 내놓았는데 독자들의 반응이 좋아서 예상치 못하게 효자 상품이 된 케이스도 있다. 사실 뭐가 잘 팔리고 뭐가 잘 안 팔릴지는 작가도, 출판사도, 서점도 잘 모른다. 그렇게 예측만 할 뿐이다. 뭐가 잘 팔리는지를 알면 누구나 다 그것만 해서 잘됐을 텐데 그렇지는 않기 때문이다. 내 생각에는 '취향'의 문제인 것 같다. 출판사가 마음에 들면, 서점 MD가 마음에 들면 잘 팔릴만한 책인 것이다. "출간 방향이 맞지 않는다"는 말은 곧 "내가 생각하는 잘 팔릴 것 같은 책은 이게 아니야"라는 말과 동일하다.

만약 투고 후 회신으로 '출간 방향이 맞지 않는다'는 멘트를 회신 받았다면 '내가 원고의 분야를 잘 설정했는지,

투고한 출판사가 내 원고 분야를 출간하는 출판사가 맞는지, 기획안이나 제목 등 뭔가 눈길을 사로잡을 만한 요소가 없는 것은 아닌지, 요즘 트렌드와 동떨어져서 작가 본인만 아는 가치나 유행을 내세우고 있는 것은 아닌지' 등을 다시 한 번 생각해 볼 필요가 있다.

사실 외서가 아닌 이상 아무도 생각지 못한 새로운 책이란 없다. 다른 책들을 충분히 참고하고 분석해서 출판사가 가지고 싶어 안달하는 책을 만들어 보자.

작가는 출판 과정에서
어디까지 참여하는가

작가의 성격과 성향에 따라 출판사에 모든 과정을 알아서 하도록 맡기는 분이 있고, 세세한 작업 하나하나에까지 관여하려고 하는 분이 있다. 반대로 출판사 대표나 편집자에 따라 작가가 하나하나 컨펌해 주는 것을 선호하는 경우가 있고, 출판사에서 알아서 컨트롤할 수 있도록 맡겨주는 작가를 선호하는 경우도 있다. 작가와 출판사가 서로 성향이 잘 맞으면 작업 과정이 비교적 순조롭게 진행되고, 이 부분에서 부딪히는 게 많으면 서로에게 고달파진다.

작가가 완전원고를 보내오면 대부분은 편집부에서 교

정, 교열을 진행하고 독자가 끌릴 만한 제목과 부제 등 카피를 정해 디자인한 후 출간하는 게 보통이며 중간에 제목과 부제, 표지 디자인 정도는 작가와 서로 협의하여 가장 마음에 드는 것으로 결정하는 게 가장 흔한 작업 흐름이다. 작가가 특별히 SNS 활동을 즐겨 해서 팬이 많다든가 활발히 활동하는 커뮤니티가 있다면 요즘은 제목이나 표지 디자인 후보들을 올려놓고 투표를 진행하는 것도 보편화되었다.

그동안 작업한 도서량이 많다 보니 정말 이런저런 저자와 출판사 대표를 많이 겪어보았는데 개인적으로는 이것저것 통제하는 쪽보다는 작업 과정 자체에 자율성을 부여해주는 편이 관계도 오래가고 진행도 순조롭게 잘 이루어지는 것 같다. 간혹 편집자가 교정, 교열을 할 때 작가도 함께 교정, 교열에 참여하고 디자이너가 디자인하는 데에도 '글자 크기 수정해달라, 이미지 넣어달라, 판형 바꿔달라, 별색 바꿔달라' 등등 지나치게 요구하는 경우가 있다. 물론 자신의 책 작업에 적극적으로 참여하는 자세는 좋지만 이로 인해 일이 꼬이는 경우도 자주 발생하는데다 관여자가 너무 많으면 배가 산으로 가는 일이 생기기도 한다.

최근에 작업한 책 중에 하나는 작가의 열의가 너무 넘쳐서 곤혹스러운 경험도 있었다. 이미 내가 한 번 수정을 거쳐 교정지가 나왔고 한참 2번째 교정을 보고 있는데 출판사에 알리지도 않고 작가가 혼자 수정 전 원본 원고를 고쳐서 보내온 것이다. 게다가 어디를 고쳤는지도 모르게 별다른 표시도 하지 않은 채 말이다. 이렇게 되면 편집자가 2번이나 점검한 원고가 무용지물이 되고 최악의 경우 디자이너가 글을 다시 흘려서 1교부터 다시 시작해야 할 수도 있다. 일단 원고가 작가의 손을 떠나 출판사에 입고되면 편집자의 손에서 2교 정도가 마무리되었을 때 최종 결과물을 가지고 편집자와 작가가 함께 마지막 교정을 보며 점검해 나가는 편이 가장 효율성 면에서 좋다. 그리고 제목이나 부제는 책의 얼굴과도 같고 신중하게 결정해야 하기 때문에 출판사와 작가가 충분히 소통하여 정하는 것이 좋겠다는 생각이다.

작가 입장에서 불만스러운 부분이 있는데도 아무런 의견을 출판사에 전달하지 않는 것 역시 나중에 일을 더 키우는 태도이다. 예전에 한 출판사로부터 외주를 맡아 진행한 책이 있었는데 2교까지 마무리를 하여 마지막으로 점검하고 싶은 사항이 있는지 작가에게 물어봐달라고 전달했고, 출판사는 작가가 알아서 하라고 했다며 남은 3교만 마지막으로 신경 써서 봐달라고 했다. 그런데 사고(!)는 출간 후에 일어났다. 막상 책이 나오자 작가가 이런저런 불만 사항을 말하기 시작한 것이다. 특히 디자인은 개인적인 취향에 따라 마음에 들 수도 마음에 들지 않을 수도 있는 것이어서 작가들이 가장 많이 의견을 제시하고, 협의가 잘 되지 않으면 가장 피곤해지는 부분이다.

출판사에서 작가에게 무언가 확인 요청을 할 경우에는 가능한 한 적극적으로 참여하고 협조해 주어야 한다. 책이 인쇄되기 전까지는 최대한 서로가 만족스러운 방향의 결과물이 나올 수 있도록 최선을 다하는 것이 중요하고 또 필요하기 때문이다. 다만 작업 과정을 복잡하게 만든다든지 불필요하게 지연될 만한 상황을 만들어서는 안될 것이다.

인세는 어떻게 받는가

작가가 가장 궁금해 하는 것이 바로 '인세' 부분이 아닌가 싶다. 인세 비율과 계약 조건은 출판사마다 다르고 원고의 판매 가능성이나 작가의 인지도 등에 따라서도 차등적으로 적용된다. 일반적으로 알려져 있는 기획출판의 인세 비율은 판매 정가의 6~10% 정도이고, 자비출판의 경우는 45%까지 인세를 주는 경우도 있다. 자비출판의 인세가 높은 이유는 작가가 제작비용을 지불했기 때문이기도 하고 잘 팔리지 않을 거라는 의미도 암묵적으로 포함되어 있다. 자비출판에 비해 반기획출판은 작가가 어느 정도의 비용을 내는가에 따라 15~25% 사이로 책정되는 것 같다. 첫 책을 내는 작가라면 보통 6~7%에서 계약이 이루어질 것이다. 그리고 첫 책이 어느 정도 성과가 있으면 두 번째, 세 번째 책을 계약할 때는 비율을 조금 높여 협의해 볼 수도 있다. 출판사에서는 작가에게 인세를 지급할 때 3.3% 원천세를 공제한 후 지급한다는 점도 알아두자.

출간 계약을 할 때 인세 책정 방식이 '발행 부수에 따른 것'인지, '판매 부수에 따른 것'인지를 잘 살펴야 한다. 먼저 '발행 부수에 따른 인세 지급'이라면 판매와 상관없이 출판사에서 2,000부를 발행했을 경우 2,000부×인세 비율을 계산하여 나온 금액을 지급 받는 것이고, '판매 부수에 따른 인세 지급'은 출간 후 판매되는 부수에 인세 비율을 곱해 1~6개월마다 정산 받는 것이다. 판매에 따른 인세는 보통 3개월에 한 번씩 정산해 주는 것이 일반적이다. 몇 부가 발행·판매되든 일괄적으로 고정 인세를 적용할 수도 있지만 요즘은 '5,000부까지 6%, 5,000부 초과~만 부까지 8%, 만 부 초과 시 10%'처럼 판매 부수에 따라 차등적으로 인세를 변동하는 계약도 많이 이루어진다.

보통 계약을 하면 출판사로부터 선인세라는 것도 받는데 최소 30만 원에서부터 유명한 작가인 경우에는 부르는 게 값이다. 무라카미 하루키의 선인세가 억 단위라는 말은 누구나 한 번쯤 들어봤을 것이다. 이때 선인세는 이미 작가의 이름 자체가 그만큼의 판매를 보장하기에 가능한 액수다. 선인세는 인세를 먼저 받는다는 의미로, 출간 후 판매된 책의 부수에 따라 선인세 지급액을 공제하고 남은 금액부터 인세로 지급받게 된다. 예를 들어, 인세 6%에 출판사로부터 선인세를 50만 원 받고 계약했다면 출간 후 정가 15,000원짜리 책이 3개월 안에 1,000부가 팔렸을 때 첫 인세는 90만 원인데 50만 원을 계약 시 선불로 받았기 때문에 40만 원을 최종적으로 받게 된다는 것이다(편의상 3.3% 공제는 생략한다).

공저(작가가 여러 명)인 경우에는 인세를 어떻게 책정할까? 출판 계약은 책 한 권에 대한 저작권과 출판권을 설정하는 약속이므로 작가보다는 책에 초점이 맞춰져 있다. 따라서 만약 10%로 인세를 받기로 했고, 작가가 2명이라면 각각 10%씩 받는 것이 아니라 5%씩 지급받는 것이 된다. 공저 인원이 많을수록 사실상 인세는 5% 이하로 내려간다고 보면 된다.

간혹 "출판사에서 인세를 적게 주려고 판매 부수를 속이는 경우도 있나요?"라고 질문하는 작가들이 있는데 솔직히 그럴 수 있을지 없을지는 잘 모르겠다. 실제로 어느 출판사 대표님이 말씀해주신 일화인데 '홍보하는 것에 비해 인세가 생각보다 적게 들어온다'며 작가가 의아해하자 각 서점 판매 부수를 캡처해서 보내주었더니 그 이후부터는 인세에 대한 언급을 하지 않더라는 웃픈 이야기가 있었다. 함께 잘되자, 잘 해보자는 의미로 출간한 것인데 출판사 입장에서도 굳이 판매 부수를 속일 이유가 없고, 작가가 의문을 갖지 않도록 서로가 믿음과 신뢰를 가지고 소통해 나가야 할 필요가 있을 것이다.

인세에 대해 궁금한 점이 생기면 작가 혼자서 끙끙대기보다는 출판사에 솔직하게 궁금하다고 이야기를 하고 확인을 받는 편이 서로 편하다. 우리나라 사람들은 유독 돈과 관련된 이야기를 껄끄러워 하는데 각자의 판단으로 오해를 키우는 것보다는 터놓고 함께 소통하는 것이 더 바람직하다고 생각한다.

출판사 입장에서는
잘 팔리는 책이 좋은 책이다

"그냥 제가 지금까지 겪었던 일들을 에세이처럼 쭉 써 봤는데 이 원고가 책으로 나올 가치가 있는지 잘 모르겠어요. 객관적인 조언을 듣고 싶습니다. 이 원고가 과연 독자들에게 공감을 불러일으킬 수 있는지, 감정을 움직일 수 있을지 모르겠어요. 팔릴 만한 가치가 있을까요? 일단 원고는 썼는데 앞으로 뭘 해야 할지 모르겠어요. 자비출판하자니 너무 부담되고… 작가님이라면 어떻게 하시겠어요?"

실제로 내가 받은 메일 내용이고 이 질문에 대해 내가 답했던 내용을 정리해 본다.

나는 기본적으로 이 세상에 가치가 없는 원고는 없다고 생각한다. 다만 출판사가 생각하는 원고의 가치와 작가 스스로가 생각하는 가치의 기준이 다를 뿐이다. 작가는 누구나 창작의 고통을 이겨내고 자유 시간까지 쪼개가며 글을 쓰고 그림을 그려 원고를 만든다. 이 세상에 딱 하나밖에 없는 원고이고 출간만 되면 잘 팔릴 것 같다는 느낌이 든다. 그러나 출판사의 생각은 조금 다를 수 있다. 작가는 자신의 원고 하나만 붙잡고 있지만 출판사는 상대적으로 많은 원고를 받아봤고, 팔아봤기 때문이다.

한 출판 커뮤니티 사이트에 어떤 작가분이 하소연하며 쓴 글이 기억난다. 자신이 열심히 글 쓰고 그림 그려서 출판사에 원고를 보냈는데 반응이 영 뜨뜻미지근한데다 뭔가 아쉽다는 말만 되풀이한다는 것이다. 작가 입장에서는 내 원고를 출판사에서 얼씨구나 반겨줬으면 싶지만 요즘 출판 시장 사정과 과도한 경쟁 등으로 많은 출판사들이 몸을 사리고 있다. 될 것 같다는 확신이 서는 원고가 아니면 아예 계약조차 하지 않는다. 그만큼 출판사들은 불확실한 것에 더 이상 모험을 하지 않게 되었다. 자비출판이라는 형식이 더욱 활성화되는 이유이기도 하다.

작가 입장에서는 자신이 창작한 결과물에 만족하면 그

것이 가장 완벽한 가치를 구현한 일이 될 것이고, 출판사와 서점처럼 책을 판매해야 남는 게 있는 입장에서는 잘 팔리는 책이 최고의 가치를 지닌 책이다. 그러나 늘 문제는 그 두 입장의 가치가 서로 맞아떨어지는 일이 드물다는 데 있다. 물론 내게 질문한 '가치'의 의도가 '출판사에서 내 원고를 매력적으로 느낄까요? 잘 팔릴까요?'라는 것임을 잘 알고 있다. 결국 이 원고가 시장에 나가 돈으로 바뀔 수 있느냐는 것을 묻는 것이다. 즉 '내 원고가 쓸모가 있느냐 없느냐'다.

연예인이 아니고서는 첫 책으로 그 가치를 실현하기란 어려울 수 있다. 아니 연예인이라도 힘들 수 있다. 더군다나 일반인이 첫 책을 써서 엄청난 인기를 얻는다는 건 거의 로또에 맞을 확률과 맞먹는다. 첫 술에 모든 걸 얻으려는 마음을 버리고, 기회가 되지 않는다면 자비를 들여서라도 책을 한번 내보자. 그러면 알 수 있다. 내 원고가 가치가 있는지 없는지를 말이다. 결국 출판사는 잘 팔리는 콘텐츠를 원하고, 작가 역시 잘 팔리는 콘셉트를 제안할 수 있어야 한다. 오히려 순수문학 작가들은 내 책이 팔리는 것보다 본인이 스스로 작품에 만족하고 세상에 의미 있는 작품을 발표했다는 것에 더 큰 가치를 두는 경우가 많다. 되레 일반인으로서 책을 쓰는 작가의 속내를 들여다보면 열이면 열, 본인도 자신의 책이 잘 팔렸으면 좋겠다는 생각을 가지고 있다.

시장은 냉정하고 독자는 차갑다. 절대 자신이 얻을 것이 없고, 필요하다고 생각되지 않는 책은 사지 않는다. 나부터도 그렇기 때문이다. 내 원고에 대한 가치를 스스로 올릴 수 있도록 작가 역시 노력을 게을리 하지 않아야 한다. 잘 팔리는 것에 가치를 두었다면 잘 팔리는 책이란 무엇인지 끊임없이 시장을 조사하고 데이터를 모아 분석해야 할 필요가 있다. 그런 책이 한두 권씩 쌓이면 저절로 출판사가 서로 모셔가고 싶어 하는 작가가 되는 것이다. 아무 원고나 써놓고 출판사가 10만 부 팔아줄 거라 기대하지 말자. 팔리는 책은 다 나름대로의 이유가 있다. '내 책이 잘 팔렸으면 좋겠다'는 생각을 가지고 있다면 그걸 솔직히 인정하고 잘 팔릴 수 있는 요소를 어떻게 하면 원고 안에서 표현하고 나타낼 수 있을지를 고민해 보자.

우리는 모두 예술가다.
순간의 선택과 매일의 일상으로 각자 독특한 작품을 창조해내기 때문이다.
오로지 당신만이 할 수 있는 일들로 말이다.
당신이 태어난 이유는 당신만의 흔적을 이 세상에 남기기 위해서다.
당신의 창의적인 충동을 존중하라.
신념으로 삶의 걸음을 내딛어라.
당신의 선택이 진실했었다는 사실을 발견하게 될 것이다.

- 사라 밴 브레스낙

기획출판은
기성 작가만 가능할까

언젠가 자비출판과 관련하여 메일을 받은 적이 있다. '요즘은 기성 작가가 아니면 기획출판은 어려운 것 같다. 내가 쓴 원고를 썩히기는 아깝고, 자비출판을 하기에는 비용이 부담스럽다. 어떤 결정이 현명한지 모르겠다'는 내용이었다.

엄밀히 말하자면 '기성 작가 아니라서 기획출판이 어렵다'는 말은 틀렸다. 요즘은 더욱이 '신진 작가냐, 기성 작가냐'를 출판사에서는 크게 구분하지 않는다. 신진 작가라도 원고의 기획이나 콘셉트가 좋으면 기꺼이 계약을 진행한다. 반대로 여러 권의 책을 냈다 하더라도 유행을

좇는 데에만 급급해 별 내용도 없는 저퀄리티의 원고를 쓰는 사람이거나 또 그동안 판매 실적이 그리 좋지 않았음에도 불구하고 비슷비슷한 콘셉트의 책을 계속해서 써내는 작가라면 출판사에서도 그다지 반겨주지 않는다.

작가는 누구나 자신이 쓴 글을 객관적으로 바라보기가 쉽지 않다. '내가 쓴 글은 좋은 것 같은데 출판사에서 선뜻 내주겠다고 말을 하지 않으니, 내가 신진 작가라서 기획출판을 해주지 않는가 보다'라고 스스로 판단한 것뿐이다. 조금 더 냉정하게 생각해야 한다. 작가로서 자신의 글에 자신감을 갖는 태도는 정말 필요하고 중요하다. 그러나 그것이 '근거 없는 자신감'이 되어서는 곤란하다.

책은 독자가 필요하다는 점에서 볼 때 나 혼자만 만족하는 글은 사실 의미가 없다고 봐야 한다. 개인 소장용으로 책을 내는 것이 아니라면 작가 스스로도 만족해야 하지만, 최소한 단 한 명의 독자에게라도 좋은 책이 될 수 있어야 한다. 그러려면 일단 독자를 만족시켜주기 전에 내 책을 출간해 줄 출판사를 먼저 만족시켜야 한다.

출판사와 기획출판으로 계약을 이끌어내기 위해서는 두 가지가 충족되어야 한다고 보는데, 그것이 바로 작가의 '기획력'과 '마케팅력'이다. 예전에는 사실 '책을 써낼 수 있는 작가'의 존재가 굉장히 희소성이 있었다면, 요즘은 마음만 먹으면 누구나 작가로서 활동할 수 있는 환경이 되었다. 게다가 아예 처음부터 돈을 들여 '기획'을 사서 원고를 쓰고 투고하는 작가들도 많아진 탓에 '기획'의 퀄리티가 점점 올라가고 있는 것 같다. 기획을 해서 파는 사람들 역시 엄청난 시간과 노력을 들여 출판사의 구미를 당길만한 기획과 콘셉트를 찾아내고 있기 때문이다.

마케팅 역시 마찬가지다. 예전에는 작가가 SNS를 하는 일도 없었고, 책을 내기만 하면 출판사가 다 알아서 해주는 게 책 판매였다. 그러나 지금은 시대가 많이 바뀌었다. 출판사는 작가가 책을 얼마나 소진해 줄 수 있느냐를 중요하게 생각한다. 강의를 하는 사람인가, 작가가 주관하는 커뮤니티가 있는가, SNS 활동성(콘텐츠를 생산할 수 있는 능력이 있는지)은 어느 정도인가, 독자들에게 인지도가 얼마나 있는가 등을 많이 따지게 되었다. 출판사의 마케팅은 할 수 있는 것들이 어느 정도 정해져 있고, 출판사의 책이 한두 권도 아니기 때문에 당연히 작가 스스로가 끊임없이 책에 대한 독자들의 관심도를 유지해 주어야 할 필요성이 있다.

내 원고가 출판사의 러브콜을 받지 못했다면 '기획력

과 마케팅력' 중에서 어느 부분을 더 보완하여 어필할 수 있을지 고민해야 할 것이다.

2

작가를 위한 집필 안내서

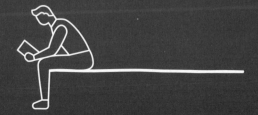

시선을 끄는 책은
따로 있다

3장

독자에게 어떤 작가로
기억되길 바라는가

일단 책이라는 것이 세상에 나가면 어떤 방식으로든 그 책은 작가에게 영향을 주게 되어 있다. 그렇기 때문에 책을 통해 자신이 어떤 사람으로 기억되길 바라는지 곰곰이 생각해볼 필요가 있다. 더불어 앞서 1장 첫 꼭지에서도 언급했듯이 '왜 책을 쓰려고 하는가?'라는 물음에 어느 정도 스스로 답이 나와 있어야 한다.

주변의 작가들을 관찰해본 결과, 책을 쓰려는 사람들은 대개 몇 부류로 나누어지는데, 첫 번째는 '몇 년에서 많게는 수십 년간 자신이 해 온 일 혹은 연구한 것에 대해 책을 통해 알리고 그로 인해 자신이 이 분야의 전문가임을 공식적인 자료로 남기고 싶은 사람'이고, 두 번째는 '이전에 하던 것이 아닌 앞으로 나아가고 싶은 방향에 대해 책을 씀으로써 새로운 분야로 진출하기 위한 도구가 필요한 사람'이며, 마지막은 '책을 쓰면 지금의 삶에서 벗어날 수 있을 것 같다는 막연한 꿈이 있거나 단지 내 이름이 박힌 책 한 권이 갖고 싶다'는 사람이다. 작가가 어떤 의도로 책을 짓는가, 목적이 명확한가 혹은 불명확한가에 따라서 출간 후 작가의 방향성이 달라진다. 이 방향성이 중요한 이유는 책의 콘셉트와 주제를 정하는 데 결정적인 요소로 작용하기 때문이다.

첫 번째 유형의 사람들은 주제를 정하기가 비교적 쉽다. 자신이 지금까지 시간과 노력을 들여 한 일이나 연구한 것에 대해 일반인들에게 이해하기 쉽게 알려주는 책을 쓰거나 같은 일이나 연구를 하는 사람들에게 도움이 되는 정보를 담은 책을 쓰면 되기 때문이다. 누구보다 잘 알고 있는 분야일 것이고 타깃이 명확하기 때문에 주제를 정하기 가장 수월하다. 예를 들어, 강남에서 10~20년 동안 부동산을 운영하며 주로 상가 거래를 해 왔던 공인중개사라면 '강남에서 내 상가 갖기'와 같은 주제를 잡고 글을 쓰는 것이다. 그리고 자신이 가진 노하우를 바탕으로 '강남 상가는 다른 지역에 비해 어떤 점이 다른지'부터 '강남에서 상가를 가질 수 있는 방법, 주의할 점, 초보가 공략할 만한 매물 등' 그동안 경험한 사례들을 바탕으로 설명하다 보면 책 한 권이 금세 만들어진다. 출간 이후에는 '강남 상가 전문가'로서 이미지를 다지기 위해 책에 있는 내용을 바탕으로 '강남 상가'에 관심이 있는 일반인을 대상으로 강의를 해도 좋고, 좋은 이미지가 만들어진다면 거래를 하기 위해 일부러 저자의 부동산으로 찾아오는 고객도 늘어나게 될 것이다.

두 번째 유형의 사람들 역시 주제가 어느 정도 명확히 나타난다. 자신이 새롭게 하고자 하는 것이나 원하는 방향이 정해져 있기 때문이다. 예를 들어, 그동안 회사 소속으로 마케팅 관련 일을 해왔는데 회사에 얽매이기보다는 책을 출간함으로써 개인을 '마케팅 전문가'로 알리고 혼자서도 강의와 협업을 통해 수익을 얻는 구조를 만들 수 있다. 또, 평범한 주부로 아이를 키우며 지내다가 편식이 심한 아이를 위해 정성을 들여 유아식을 만들었던 경험을 책으로 펴내 '육아서 전문 작가'가 된 경우도 있다.

마지막 유형의 사람들이 가장 주제를 정하기가 어렵다. 평범하게 직장생활하며 특별히 관심이 있는 분야도 없고, 딱히 앞으로 뭘 해야 할지도 잘 모르겠다고 말하는 20~30대 청년층이 이 유형의 대부분이다. 이런 유형의 사람들이 혼자서는 도저히 주제를 잡기 어렵기 때문에 책 쓰기 관련 강의를 많이 듣는데, 반면에 남이 주제를 정해주어도 실제로 원고 집필에 들어가면 주제가 자신과 맞지 않아 중도 포기하거나 자신이 평소에 쓰고 싶었던 주제와 정해준 주제가 일치하지 않아 갈등을 겪는 사례가 많다. 사실 이런 경우는 생각보다 허다하다.

사람은 누구나 잘하는 것, 잘 해보고 싶은 것 하나씩은 있기 마련이다. 다만, 그 '보물'을 찾아서 잘 활용하는 사람과 아직 그것을 찾지 못한 사람으로 나뉠 뿐이다. 만약 자신이 무엇에 대해 글을 써야 할지 모르겠다면 '나는 책을 쓴 후에 어떤 사람으로 발전하고 싶은지'를 떠올려 보는 것도 도움이 된다. 자신이 바라는 자신의 모습을 상상해보면 어떤 주제를 선택해야 할지 조금은 감을 잡을 수 있을 것이다.

진짜 쓸 수 있느냐 없느냐가 관건

'내가 쓰고 싶은 주제'와 '내가 쓸 수 있는 주제'가 맞아 떨어지면 참 좋겠지만 대부분은 그런 경우가 드물다. '내가 쓰고 싶은 주제'는 막연히 '이런 책 한번 써보면 어떨까?'라는 생각에서 나온 주제이다. 예를 들어 '평소 심리 분야에 관심이 많아서 언젠가 심리학 책을 한번 써보고 싶다'는 생각을 할 수 있다. 그러나 심리학 분야는 일반인이 접근하여 글을 쓰기에는 좀 어려울 수 있다. 물론 여러 자료들을 바탕으로 연구하듯이 쓸 수는 있겠지만, 이 분야는 이미 정신건강의학과 전문의나 심리학 전문가, 심리상담가들이 꿰차고 있을뿐더러 아무리 연구를 해가면서 쓴다 하더라도 비전문가로서의 한계에 부딪힐 수밖에 없기 때문이다. 애석하게도 독자들 역시 누가 전문가이고 비전문가인지를 구별하고 책을 고른다. '관심이 있어서 많이 읽는 분야'와 '내가 실제로 원고를 써낼 수 있는 분야'는 엄연히 다르다. 만약 당신이 처음 책을 내려한다면 나는 무엇보다 실제로 작가가 글로 풀어낼 수 있는 주제를 잡는 게 가장 좋다고 생각한다.

좋은 주제와 콘셉트를 잡기 위해서는 '자신이 평소 무엇에 관심이 있고, 무엇에 관해 주로 생각에 빠져 지내는지'를 스스로 풀어내 보는 과정이 필요하다. 종이 한 장을 꺼내서 어릴 때부터 내가 무엇에 관심이 많았는지, 무엇을 잘해왔는지 기억을 더듬어 하나씩 적어 보자. 책 쓰기 수업에서도 이와 비슷한 작업을 통해 책을 쓸 주제를 찾는다. 다만 스스로 찾느냐, 누가 찾아주느냐의 차이인데 이왕이면 스스로 찾아보는 편이 더 남는 게 많다. 스스로 주제를 찾는 10가지 질문을 만들어 보았다.

1. 살면서 무언가를 했을 때 편안하고 행복하다는 기분을 느꼈는가?

2. 어릴 때부터 지금까지 주변으로부터 잘한다는 칭찬을 들

었던 것은 무엇인가?

3. 살면서 문득 하고 싶다고 느꼈던 것은 무엇인가?

4. 어릴 때 장래희망은 무엇이었는가?

5. 무엇을 할 때 집중하고 몰입하는 편인가?

6. 더 하고 싶었는데 여건(누군가의 반대, 비용 등)이 안 되어
   못한 것이 있는가?

7. 자신이 가진 물건 중에 가장 애착을 가지고 있거나 많이
   가지고 있는 것이 있는가?

8. 더 이상 돈을 위한 일을 하지 않아도 된다면 무엇을 하며
   지낼 것인가?

9. 자유 시간이 생기면 주로 무엇을 하는가?

10. 자신에게 있어 가장 의미 있는 일이라고 생각하는 것이
    무엇인가?

기획이라는 것은 사실 아주 작은 생각 하나에서 발견
될 수 있다. 평소 사물을 보는 시각과 견해를 조금만 달
리 하면 얼마든지 책을 쓸 수 있는 콘셉트와 주제를 찾
을 수 있다. 책을 처음 쓰는 예비 작가들이 가장 크게 가
지고 있는 고정관념이 바로 '내 이야기를 써야 한다'는 것
이다. 예전에 한 20대 중반의 청년이 자신은 특별히 관심

있는 게 없는데 어떤 주제로 글을 써야 할지 모르겠다고 묻기에 그렇다면 '남들은 어떤 주제로 글을 쓰는가?'에 대해서 연구한 과정을 글로 써보라고 한 적이 있다.

잘나갔던 책 중에 『한국의 젊은 부자들』이라는 책이 있다. 작가는 일간지 기자로 세계의 성공한 CEO들을 만나 많은 인터뷰를 해온 베테랑이다. 어느 날 '한국에는 왜 이런 CEO들이 없을까?'라는 궁금증에 한국의 젊은 CEO들을 인터뷰하고 그 내용을 자신의 필력으로 정리하여 출간했다. 이 책에는 사실 작가 자신의 이야기가 하나도 없다. 이처럼 고정관념을 버리면 꼭 내 이야기로 채우지 않더라도 책으로 풀어낼 수 있는 주제는 무궁무진하다. 이 작가의 경우에는 평소 잘나가는 CEO들을 꾸준히 취재해 왔다는 점과 상대의 장점을 이끌어낼 줄 아는 인터뷰 능력이 뛰어나기 때문에 그와 같은 책을 쓸 수 있었던 것이다.

작은 차이로 큰 결과를 만드는
3가지 물음

주제에 대해 단 한 단어만이라도 떠오른 것이 있다면 다음의 요소들을 적용하여 더 명확하고 구체적으로 주제를 설정해 보도록 하자. 이해를 돕기 위해 어렴풋이 잡은 주제가 '육아'라고 가정해 본다.

1. 독자적인 주제인가?
2. 구체적으로 표현할 수 있는가?
3. 화제를 불러일으킬 만한가?

첫 번째 요소인 '독자적인 주제인가?'는 다른 책과 구별

이 되는 '나만의 특징이나 강점'이 나타나 있는가를 살피는 것이다. 내가 잘 해왔거나 나밖에 할 수 없는 그런 주제를 선정하는 것이다. '육아'에 있어서 다른 엄마들이 하지 않거나 어려워하는 문제를 나만의 방식으로 잘 극복해왔던 것이 있는지 곰곰이 생각해 보자. 육아에도 '먹이기, 재우기, 놀아주기, 훈육, 사회성, 교육' 등 꽤나 많은 카테고리가 있다. 그중에서 내가 어느 부분에 강점이 있는지를 찾아보는 것이다. 앞서도 예를 들었듯이 평소 아이가 편식이 심해서 골고루 잘 먹는 아이로 키우기 위해 했던 노력의 과정이 책이 될 수도 있고, 훈육하는 것에 고민이 많아서 이것저것 시도해 보았던 나만의 방법을 책으로 엮어 공유할 수도 있다.

두 번째로 생각해봐야 할 요소는 '구체적으로 표현할 수 있는가?'이다. 나만의 장점을 살린 주제를 실제로 원고로 써낼 수 있는지, 원고를 쓰다가 막히는 부분들을 해결해나갈 수 있는 방법이 있는지, 조언을 구할 인맥이 있는지 등을 고려하는 것이다. 이 단계에서는 조금 더 구체적으로 원고 안에 들어갈 내용들을 종이에 써가며 정리를 해보는 것이 좋다. 어떤 내용들을 넣을지 생각해야 '어떤 문제가 발생할 수 있겠구나'가 예측이 되기 때문이다.

발생할 수 있는 문제라는 것은 예를 들면, '원고에 적절한 그림이나 사진이 들어가야 하는데 어떻게 마련할 수 있는가'와 같은 것들이다. 보통 그림이나 사진은 '출판사에서 다 알아서 하는 것'이라고 생각하기 쉬운데 사진이나 그림 데이터 역시 원고의 일부로 간주하기 때문에 원칙적으로는 작가 쪽에서 제공해야 한다. 다만, 그림을 다시 그려야 할 필요가 있을 정도로 저퀄리티이거나 전문 작가가 원고에 맞는 사진을 찍어야 할 필요성이 있다면 출판사와 협의하여 함께 만들어갈 수는 있다.

또한 이 단계는 매우 구체적으로 머릿속에 그려보는 과정이므로 이 책이 출간되었을 때 판매 이외에 다른 수익을 얻을 수 있는 방법이 있는지도 생각해 볼 수 있다. 인터넷 카페를 만들어 사람을 모으는 비즈니스를 만들 수도 있고, 출간과 함께 강사로서 수익을 만들 수도 있을 것이다. 책 출간 이후에 사업적으로 나아갈 것인지 아닌지 등도 고려해 보는 것이다.

마지막으로 생각해봐야 할 요소는 '화제를 불러일으킬 만한가?'이다. 이전에 없던 개념을 만들어 세상에 먼저 내놓을 수도 있고, 요즘 트렌드와 맞아서 화제를 살 만한 주제라면 더욱 좋다. 내가 생각한 주제가 사회에서 충분히 이야깃거리가 될 만한가를 고려하는 것이다. 예를 들면, 요즘 워킹맘의 고충이 심각한 수준에 달해 있어 사회적으로도 문제가 되고 그로 인해 여성들이 점점 아이를 낳지 않는 추세인데 그런 문제를 작가의 시선에서 환기시켜 줄 수 있는 내용을 담아 풀어낸다면 충분히 출판사의 선택을 받는 원고가 될 것이다. 무작정 이겨내야 하고 참아야 한다는 내용보다는 실질적인 방법을 제시하는 것이 더 좋다. 책이 독자의 삶에 더 가까이 맞닿아 있을수록 사랑받을 수 있는 확률이 더 커진다.

내가 가지고 있는 주제를 유행과 어떻게 잘 접목시키느냐,

나만이 이야기할 수 있는 독특한 해결법을

어떻게 글에 잘 담아내느냐에 따라

독자와 더 가까워질 수 있는 기회가 생긴다.

잘 지은 제목 하나가
독자의 선택을 이끈다

책의 내용이 가장 명확히 드러나면서도 독자의 눈길을 끄는 제목을 짓는다는 것은 아무리 베테랑 편집자라도 늘 어렵다. 그래서 인쇄 직전까지 어떤 제목이 이 책을 가장 잘 표현해줄 수 있는 베스트가 될지 끊임없이 고민하게 된다.

본격적인 원고를 쓰기 전부터 그럴듯한 제목이 나오면 좋겠지만 대부분은 처음부터 눈길을 사로잡는 제목이 탄생하는 경우는 거의 없다. 그리고 처음에 제목을 정해두었더라도 나중에 가서는 거의 바뀐다. 개인적으로는 처음부터 제목에 대한 고민에 시간을 쏟기보다 원고를 80%

이상 완성한 후에 제목을 짓는 것이 좋은 것 같다. 제목 짓기의 본질은 사실 '책의 내용을 얼마나 잘 반영하느냐'에 달려 있다고 생각한다. 원고를 받아 보면 제목은 그럴듯한데 내용이 제목을 받쳐주지 않는 경우도 허다하다.

작업 경험상 원고를 읽다 보면 글 안에서 제목으로 쓸 만한 문구들을 건진 경우도 자주 있었고, 처음부터 제목을 정하고 원고를 쓰기 시작하면 제목에 매몰되어 진짜 하고 싶은 이야기들을 놓칠 수 있다. 그러므로 처음에는 제목 없이 주제만 가지고 글을 써나가거나 가제목을 임시로 붙여 놓고 원고가 어느 정도 완성될 때까지는 제목에 대한 생각을 버리는 것이 낫다.

투고로 받은 원고가 콘셉트와 주제는 좋은데 작가가 정한 제목이 출판사 입장에서 썩 와 닿지 않으면 대개 출판사에서는 편집회의를 거쳐 새로운 제목을 정한다. 시기마다 유행하는 단어나 문장을 참고하여 조금이라도 독자의 손길을 얻을 수 있도록 출판사도 함께 고민하니 제목에 대해서는 심각하게 고민하지 않아도 좋을 것 같다. 그래도 좋은 제목, 독자의 눈길을 잡아두는 제목은 어떻게 지을 수 있는지 고민하고 싶은 예비 작가들을 위해 실제로 출판사 편집자들이 많이 사용하는 '제목 짓는 방법들'을 소개한다.

첫 번째 방법은 원고 안에서 찾아보는 것이다. 특히 에세이 분야에서 이 전략이 잘 통한다. 왜냐하면 에세이는 작가의 표현과 문장력, 감성이 가장 돋보이는 분야이기 때문에 그런 표현이나 문장들 속에 제목으로 쓸 만한 문구들이 제법 등장한다. 나의 경우에는 원고를 읽다 보면 마치 "저, 여기 있어요!" 하고 문자들이 손을 드는 것처럼 느껴질 때가 있는데 그런 문구들을 뽑아서 제목으로 쓰거나 장 제목 혹은 꼭지 제목으로 쓰는 일이 많다. 그렇게 뽑은 문구의 장점은 가장 원고를 잘 대변해 준다는 것이다. 제목만으로도 그 안에 어떤 내용이 있는지를 가장 잘 나타내 준다.

두 번째 방법은 일명 '2인자 전략'이다. 한때 『미움받을 용기』라는 책이 장기간 베스트셀러가 되면서 서점가에는 『상처받을 용기』, 『행복해질 용기』, 『다시 일어서는 용기』 등 '용기'라는 단어를 붙인 책들이 우후죽순 쏟아졌다. 1인자가 세상에 없던 새로운 것을 등장시켜 시장을 지배한다면 2인자는 그와 비슷하게 만들어서 1인자에 묻어간다는 전략이다. 실제로 잘나가는 책의 제목을 따라 비슷하게 만들면 신기하게도 독자들이 관심을 가지더라는 것이다.

세 번째 책 제목 짓는 방법은 '조합'이다. 책 안에서 찾은 문구든, 기존에 있던 제목에서 따온 문구든, 노래를 듣다가 귀에 꽂히는 가사의 문구든, 지나가다가 본 간판에서 가져온 문구든 상관없이 이것저것 단어들을 조합해서 새로운 형태의 제목을 만들어내는 것이다. 예를 들어, 『나의 슬기로운 감정생활』이라는 책의 제목을 드라마 〈슬기로운 감빵생활〉에서 아이디어를 얻어 지은 것처럼 말이다.

무엇이든 창작은 어렵고 힘들다. 백지를 앞에 놓고 머릿속에 있는 것만으로 만들어 내려고 하면 절대 좋은 아이디어가 나오지 않는다. '모방은 창조의 어머니'라는 구태의연한 표현이 사실은 창작의 가장 큰 진리다.

당신이 놓치고 있는 건
타이밍이다

타이밍은 기획에서뿐만 아니라 어디서든 중요하게 작용한다. 무엇이든 신제품 하나를 세상에 내놓는 것에는 타이밍만큼 중요한 게 없다. 당시의 상황, 분위기, 시기 등이 골고루 맞아떨어지는 것을 보통 '타이밍이 잘 맞는다'고 표현하는데 책을 출간하는 데 있어서도 마찬가지로 타이밍이 중요하다.

2016년 늦가을쯤 출판사로 원고 하나가 들어왔다. 두 작가님이 공동으로 쓴 반려동물 에세이였는데 원고 파일을 열자마자 글이 너무 술술 읽히고 재미있어서 한참동안 몇 꼭지를 읽다가 정신을 차려 보니 계약서를 쓰자는 답장을 보내고 있었을 만큼 매력적인 원고였다. 다음 해 2월에 책이 출간되고 봄께에 두 작가님 중 한분과 식사를 하며 이런저런 이야기를 나누었는데 작가님이 이렇게 물으셨다.

"보통 반려동물 관련 책이 3~4월에 많이 출간되더라고요. 대표님도 그런 시기를 미리 보시고 저희 원고를 채택하신 거죠?"

출판사들이 어린이날이나 어버이날이 있는 5월은 가정의 달이라고 해서 어린이 관련 책이나 부모님 선물용 책들을 미리 제작하여 내놓고, 크리스마스 시즌에는 또 그에 맞는 책, 연말·연초에는 다이어리나 새해 새 다짐을 세울 수 있는 여러 책들이 매해 그 시기에 맞춰 출간한다. 반려동물 관련 책도 아마 그런 의미에서 봄에 출간되는 모양이었다.

사실 작가님이 묻기 전까지 특별히 시기에 대해서는 생각하지 않았었다. 그냥 원고 자체가 좋아서 선택했고, 시기는 책이 만들어져 나오는 때가 딱 그 즈음이었다. 의도하지는 않았지만 타이밍이 좋았던 것이다. 그때부터 타이밍에 대해 조금씩 생각하게 되었던 것 같다. 그러나 눈에 빤히 보이는 타이밍 외에 예상치 못한 타이밍이라는 것도 엄연히 존재하는 터라 모든 타이밍을 시기적절하게 맞추기란 쉽지 않다.

안타까운 일이지만 몇 해 전 강남역 여성 피살 사건이 일어나면서 남성이 가진 여성 혐오에 대한 문제가 촉발되었고 그 이후에 데이트 폭력이나 미투(ME TOO)까지 '여성의 현실'에 관련된 갈등이 수면 위로 드러났다. 더 나아가서 '여성의 결혼, 출산, 육아, 사회생활, 가정생활' 등 전 분야에 걸쳐 여성들이 겪고 있는 차별과 불평등, 불편함들까지 속속들이 터져 나왔다. 이러한 사회 분위기 속에 '페미니즘, 페미니스트'라는 단어가 사람들 사이에서 오르내리고 '여성의 삶이라는 것이 도대체 무엇인가?'라는 심도 깊은 고민을 하게 되는 책들이 연이어 출간되면서 세간의 뜨거운 관심을 받고 있다.

사회적으로 이런 이슈들이 생기면 자연스럽게 그러한 주제와 관련된 책들이 주목을 받는다. 그러니 요즘 같은 시기에는 '여성의 이야기'가 사람들의 이목을 끄는 것이다. 최근에 출간된 『며느리 사표』 역시 타이밍을 잘 타고 출간된 책이라는 생각이 든다. 며느리의 고충이야 우리가 태어나기 훨씬 전부터, 아니 지금보다 더 여성의 삶을 고단하게 만들었던 뿌리 깊은 관습이다. 이 책이 만약 10

년 전이나 5년 전에 출간되었다면 조용히 묻혔을 수 있지만 시기의 흐름을 타고 수많은 며느리들의 마음을 대변하며 눈에 띄게 뉴스로, 리뷰로 회자되고 있다.

이처럼 내가 쓴 책이 출간 당시 사회적 분위기나 이슈, 필요에 부합하는지도 기획에서 중요한 부분을 차지한다. 모든 책이 꼭 맞아떨어질 수는 없지만 기왕이면 시대의 흐름을 타고 자연스럽게 독자들이 관심을 가질 수 있는 책이라면 성과도 역시 좋을 것이다.

이 책은 모두가 아닌
당신을 위한 것입니다

　'계약을 부르는 기획안 작성하기'에서 더 자세히 설명하겠지만 투고를 하기 위해서는 '출간기획안(계획서)'라는 것을 원고와 함께 출판사에 보내야 한다. 그 기획안 안에는 반드시 어떤 독자층을 겨냥해 이 원고를 썼는지 작성해야 한다. 그래야 출판사에서 디자인이나 마케팅 등 타깃에 맞는 계획들을 세울 수 있기 때문이다.

　간혹 '20~30대 누구나' 혹은 '20~50대 남성(여성)'처럼 너무 뭉뚱그려서 타깃을 잡은 출간기획안을 볼 때가 있다. 작가 입장에서는 '내 책을 더 많은 사람들이 읽었으면 좋겠다, 내 책은 누구나 관심이 있을 것이다, 내 책은 누구에게나 도움이 된다'고 생각할 수 있다. 더 많은 독자에게 내 책을 알리고 싶은 마음도 충분히 이해한다. 그러나 '타깃'이라는 말 자체도 우리가 생각하는 것처럼 그다지 넓은 범위를 뜻하지는 않는다.

오히려 반대로 생각해야 한다. 대상을 구체적이고 명확하게 정해서 좁힐 수 있을 만큼 좁혀야 기획의 완성도는 더 높아진다. 예를 들어, 일을 하며 아이를 키우는 30대 여성이 '아이를 위한 식단'에 대한 책을 썼다면 독자층을 '아이를 키우는 대한민국 엄마들'이라고 잡는 것이 좋을까? 일단 아이 식단을 준비하는 엄마의 입장이 전업주부가 아니라 워킹맘인 점, 아이의 연령이 몇 개월(세)인지 또한 간편하게 뚝딱 만들기 쉬운 식단인지, 아이의 성장을 고려해 만든 식단인지, 한 번 해 놓으면 모든 가족(성인)까지 먹을 수 있는 식단인지 등을 헤아려 구체적이고 명확하게 주제를 잡아 독자층을 설정하는 것이다. 예컨대 '30대 일하는 엄마를 위한 3~6세 아이들 간편식'처럼 말이다. 항상 '누구나'보다는 바로 '당신'을 위한 책이라는 점을 강조하는 것이 좋다.

요즘 혼자 사는 1인 가구 인구가 늘어나면서 다양한 분야에서 1인 인구만을 공략하는 제품, 장소와 더불어 그들에게 포커스를 맞춘 마케팅까지 쏟아지고 있다. 혼자서 밥을 먹는 사람들을 위한 1인 식당이 등장하고, 가전제품이나 가구는 더욱 미니화 되어 혼족들을 겨냥하고 있다. 그리고 요즘 20~30대는 예전의 젊은 세대와 달라서 자신에게 가치를 주는 일이라면 아낌없이 돈을 투자하고 소비한다. 그러니 아주 작은 단위인 '1인'을 타깃으로 잡아도 사실상 파이는 더 커진 것이나 다름없다. 가령 이전에는 3~5인의 가족을 위해 100을 소비했다면 지금은 자기 자신만을 위해 100을 소비한다는 것이다. 이처럼 명확한 타깃이라는 것이 특정 사람이나 계층만을 위한 작은 단위라고 생각할 수 있는데, 사실 그로부터 더 넓은 의미로 그것을 필요로 하는 사람들에게까지 도움이 되어 의도치 않게 목표가 확장될 수도 있다.

　내 책을 읽게 될 독자층을 구체적이고 세세하게 잡아나가는 과정은 반드시 필요하다. 독자를 정하고 글을 써야 그들이 필요한 부분은 무엇인지, 어떤 어려움이나 고민, 불안을 내 글로써 풀어줄 수 있는지 등을 원고 안에 더욱 자세히 담을 수 있기 때문이다. '내가 왜 남들의 니즈를 생각해야 하는가?'라고 반문하는 작가가 있을 수 있다. 그렇다면 '나 혼자 만족하자고 쓴 글을 얼마나 많은 사람들이 봐줄까?'라고 다시 질문해 보자. 앞서도 말했지만 누구나 내 책이 잘나갔으면 좋겠다는 마음으로 책을 쓴다. 이왕이면 베스트셀러 코너 1, 2위를 다툴 만큼 또는 그 정도는 아니더라도 내 책이 사랑받고 작가로서도 자신이 알려지길 바랄 것이다. 그런 마음이 있다면 당연히 내 책을 읽어줄 독자들의 마음을 글로써 사로잡아야 하고 그들의 입장에서 글을 풀어나가야 할 것이다.

목차는 단숨에 결정되지 않는다

　목차를 만든다는 것은 책의 전반적인 구성(개요)을 짠다는 것이다. 개인적으로는 시간이 가장 오래 걸리기도 하고 가장 어려워하는 작업 중에 하나다. 목차만 있으면 글을 쓰는 것쯤은 별것 아니라는 생각이 들 만큼 내게는 꽤나 힘든 과정이다. 뭐 출판 과정 중에 신경 쓰이지 않고, 고민스럽지 않은 단계란 없지만 유독 구성을 짜는 일은 머리가 아프다. 이 책의 목차 역시 머릿속으로 어렴풋이 골격을 그려 놓고 글을 쓰면서 하나하나 만들어간 결과로 완성되었다. 목차를 처음부터 확실히 잡고 글을 써나가는 것이 좋지만 나의 경우에는 그 방법이 오히려 더 어렵게 느껴졌다. 책을 한두 권씩 써나가다 보면 작가마다 목차를 만드는 더 편한 방식이 만들어질 것 같다는 생각이 든다. 일단 응용에 앞서 전반적으로 통용되는 목차 만들기에 대해 설명해 보도록 하겠다.

일단 목차를 만들기 위해서는 '내가 이 책에서 독자에게 전하고 싶은 것'이 무엇인지를 명확히 정해야 한다. 앞서 예를 들었던 '일하는 엄마의 3~6세 아이들 간편식 만들기'라는 책을 쓴다고 가정하고 목차를 만들어 보자. 처음부터 세세한 목차를 만들기보다는 큰 틀을 먼저 잡아 본다.

대부분의 가정에서 엄마는 아이들의 끼니를 챙겨줘야 하는 입장에 있다. 그러나 전업주부가 아닌 워킹맘이라면 아이들의 끼니를 매번 정성스레 챙기기가 어렵다는 문제가 있다. 이처럼 초반에는 '이 책이 필요한 이유, 어떤 어려움에 직면해서 이 책을 쓰게 된 것인지 자신의 경험담'을 위주로 목차를 구성해 본다. 즉 문제 제기 단계인 셈이다. 초반에는 이 책이 독자의 니즈를 충족시켜 줄 수 있다는 점을 충분히 예고해 줄 필요가 있다.

두 번째 큰 줄기는 '문제에 대한 해결책'이다. 일하는 엄마가 만들어 줄 수 있는 간편하면서도 영양적으로도 완벽한 한 끼 식사 메뉴를 다양하게 제안하거나, 아침저녁 시간을 이용해 틈틈이 손질해 둘 수 있는 재료 다듬는 법을 알려주거나, 한 가지 재료로 아이용과 어른용 반찬을 손쉽게 동시에 조리하는 법을 알려준다거나 하는 등 작가만이 알고 있는 노하우를 전수해 주는 것이다. 이 단계에서는 실제로 독자들의 고충을 해결하는 나만의 좋은 방법과 팁들을 아낌없이 쏟아내는 것이 중요하다.

마지막은 정리하는 느낌으로 내가 제시한 해결법이 결국 어떤 결과를 가져왔는지에 대해 목차를 구성한다. '워킹맘이지만 이러한 식단을 만듦으로써 남부럽지 않게 아이들을 성장시켰다거나, 주변 엄마들도 이 방법을 적용해 보았더니 다들 편하다는 평이 있어 그런 사례를 뽑아 싣는다거나, 아예 한 달 식단표를 짜서 제공하는' 등으로 마무리를 해보는 것이다.

이 세 가지 뼈대를 기준 삼아서 이제 목차의 개수를 늘려본다. 보통 큰 장(파트)은 4~5개 정도로 나누고 한 장당 7~8개의 꼭지를 배치하는 것이 일반적이다. 목차의 개수는 특별히 정해져 있지는 않고 한 꼭지를 어느 정도의 분량으로 쓸 것인지와 그 밖의 필요에 따라 적정하게 잡는다. 목차 역시 제목이 중요하므로 유사 도서들을 참고하여 내 제목이 더 눈에 띌 수 있도록 많은 자료를 접하며 고민하고 생각해야 한다.

에세이의 경우에는 목차를 구성하는 방식이 약간 다르다. 에세이는 자기계발서가 아니기 때문에 목차를 먼저 잡고 글을 쓴다는 것이 좀 어색하다. 오히려 글을 먼저 써나간 후에 어느 정도 원고가 완성되면 쓴 글을 모아 펼쳐 두고 어떤 키워드로 이 글을 분류하고 묶을 것인지를 고민하는 편이 자연스럽다.

목차는 책에 따라 정말 여러 가지 형태로 만들 수 있지만 처음에는 응용이 힘들므로 여러 책들을 참고해 가며 기본 형태부터 잡아나가는 연습을 해보는 것을 추천한다.

목차 만들기 3단계 (자기계발서 및 실용서에 적용)

1단계 ▶ 전체적으로 어떤 내용들을 넣을 것인지 개요를 짠다
(아래 제시한 것들 외에도 창의적으로 생각해 보자)

- 초반

- 이 책을 쓰게 된 동기(계기, 배경)
- 이 책이 독자에게 필요한 이유(시기, 유행, 문제 제기)
- 내가 이 책을 써야만 하는 자격이 있는가
- 나에게는 책의 주제와 관련해 어떤 어려움이나 고민이 있었는가
- 다른 사람들도 이런 고민을 한다는 공감대 형성

- 중반

- 앞서 언급했던 고민이나 문제에 대한 해결법
- 나만의 노하우와 팁 대방출
- 독자가 이 책을 통해 실용적으로 적용해 볼 수 있는 방법 제시
- 좋은 습관이나 행동을 이끌 수 있는 동기부여
- 실제 내가 해봤던 경험담과 성과
- 방법에 대한 구체적인 실천 계획 제시

- 후반

- 내가 제시한 해결법이 주변으로부터 어떤 평가를 들었나
- 내가 제시한 해결책으로 문제를 해결한 사람들의 사례
- 결국 나에게 어떤 결과를 가져다 주었는가
- 실행 계획표 혹은 프로그램 제시
- 미래에 어떠한 영향을 줄 수 있는가
- 당장 독자의 삶을 어떻게 변화시킬 수 있는가

목차는 파트가 아닌 부로 나누거나 파트가 없이 꼭지 제목만으로도 얼마든지 구성할 수 있다. 내가 가진 주제와 분야에 따라 자유자재로 만들어 보는 연습을 해 보자. 평소에 다른 책들은 어떻게 목차를 잡았는지 분석하고 관찰하다 보면 목차를 꾸미는 기술이 더 늘 것이다.

2단계 초반 1파트, 중반 2파트, 후반 2파트로 늘려 각 파트에 속할 꼭지를 6~7개씩 구성해보자(아래는 예시).

- PART 1. 책 읽기의 어려움

• 나는 독서를 싫어하는 사람이었다

• 책을 어떻게 읽어야 할지 모르겠다

- PART 2. 책을 읽자

• 독서 시간 만들기

• 어떤 책을 고를까?

3단계 목차 제목을 흥미롭게 다듬는다. 인터넷 검색이나 내가 쓴 주제의 다른 책이나 같은 분야의 책들을 참고삼아 목차 제목을 정한다(아래는 예시).

- PART 1. 나는 왜 독서가 어려울까?

• 책은 읽는 사람만 읽는다

• 정독, 다독, 속독, 통독… 뭐가 맞는 말이지?

- PART 2. 읽어도 쓸모없는 독서는 이제 그만!

• 어떻게 독서 시간을 확보할까?

• 베스트셀러가 아니라 나에게 필요한 책을 고르는 안목

책의 시작과 끝을 빛내주는
프롤로그와 에필로그

    책에서 프롤로그는 목차보다 앞서 독자를 맞이하는 글이다. 프롤로그는 '머리글, 서문, 책을 펴내며, 들어가는 글' 등 많은 이름으로 책의 앞부분을 장식한다. 독자들 중에는 이 프롤로그를 꼼꼼하게 읽는 분들도 적지 않다. 나도 프롤로그를 꽤나 유심히 읽는 편이다. 프롤로그를 읽으면 이 책에 어떤 내용이 담겨 있는지를 대략적으로 가늠해 볼 수 있고, 작가가 왜 이 책을 쓰게 되었는지 이해할 수 있기 때문이다. 프롤로그에서 일단 독자의 마음을 사로잡아야 다음 페이지로 독자의 시선을 끌어당길 수 있다.

프롤로그나 에필로그에 글을 채우는 것은 크게 어렵지 않다. **대부분 써야 할 내용이 정해져 있기 때문이다.** 다만 프롤로그와 에필로그는 책 안에서도 굉장히 상징적인 부분이기 때문에 본문보다 표현이나 문장에 좀 더 신경을 써서 독자의 흥미와 호기심을 이끌어 낼 수 있어야 한다.

먼저, 프롤로그에는 '이 책을 보게 될 독자들에게 전하고 싶은 말, 이 책이 독자에게 필요한 이유, 작가가 이 책을 쓰게 된 계기나 에피소드, 이 책을 쓰기까지 작가의 과거 이력, 이 책을 쓰는 데 내가 작가로서 적격인 이유, 책에 담게 될 내용에 대한 예고, 책의 전반적인 주제' 등에 대해 쓴다. 모든 것을 다 넣을 필요는 없고 이 중에서 가장 임팩트 있을 만한 것들을 선별하여 채워준다. 특히 독자가 왜 이 책을 봐야 하며 이 책을 통해 독자가 어떤 메시지나 정보, 교훈을 얻을 수 있는지에 대해 자세히 서술하면 더 좋다. 또한 책의 주제가 무언가 새로운 정보를 알려주는 것이라면 '이 책을 실제로 어떻게 활용할 수 있는지' 그 방법이나 가이드가 될 만한 이야기를 덧붙이는 것도 좋다.

내가 이 책을 쓰게 된 계기는 '작가가 스스로 자신의 책에 대해 고민할 수 있게 하기 위해서'다. 그래서 이 책의 프롤로그에 '내가 이 책을 쓰기까지의 과거부터 그동안 어떤 활동을 해오며 이런 책의 필요성을 느끼게 되었는지, 오랜 시간 글을 만져온 편집자이자 출판사 대표로서 예비 작가라면 두루 알아야 할 것들을 다른 누구도 아닌 내가 쓴 이유, 이 책에 담길 내용에 대한 간략한 소개' 등을 서술했다. 그리고 프롤로그에 흥미로운 소제목을 넣어 조금이라도 독자의 눈길을 끌 수 있도록 노력했다.

그렇다면 에필로그에는 어떤 내용들을 넣을 수 있을까? 간혹 프롤로그는 있는데 에필로그는 없는 책도 있다. 사실 프롤로그도 그렇지만 에필로그 역시 필수로 써야 하는 것은 아니다. 프롤로그가 없는 책은 얼마든지 있고, 에필로그 역시 선택적으로 써도 되고 안 써도 크게 문제가 되지는 않는다. 책을 마무리 짓고도 뭔가 더 하고 싶은 말이 남아 있거나, 독자들에게 당부하고 싶은 별도의 메시지가 있거나 혹은 이 책을 쓰기까지 감사한 마음을 전하고 싶은 사람들에게 인사의 메시지를 남기거나, 이 책을 덮기 전에 독자들이 마음에 담고 기억해 주었으면 하는 것이 있거나, 이 책을 쓰면서 작가가 느끼고 생각한 것들을 담담하게 적어 내려가도 좋다.

에필로그에는 본문에서 충분히 한 이야기를 다시 반복하거나 쓸데없이 중언부언하는 이야기, 지나친 홍보성 멘트 등은 자제하는 것이 좋다. 그런 글로 채울 바에는 오히려 에필로그가 없이 깔끔하게 끝내는 편이 더 낫다. 프롤로그가 독자의 마음을 이끄는 시작점이라면 에필로그는 독자가 책에 대한 좋은 감정을 남길 수 있게 하고, 주변에 추천해 줄 만한 책이라는 인식을 심어주는 마무리점이다.

출판사의 투자는
기획서 한 장으로 결정된다

　출판사에 투고할 때 원고와 함께 기획안을 첨부해야 한다는 것을 모르는 작가들이 꽤 있다. 투고를 받다 보면 밑도 끝도 없이 원고만 달랑 첨부되어 있는 경우도 허다하다. 한번은 이런 메일을 받은 적이 있다.

　'일전에 투고 드렸던 아무개입니다. 이렇게 다시 메일을 드린 것은 출간 여부를 문의하기 위함이 아니라 출판에 관한 공부를 시작하고 나서 얼마나 막연하게 투고했는지를 뼈저리게 느꼈기 때문입니다. 편집자와 출판사의 입장을 고려하지 않고 단 몇 줄의 소개와 원고 파일만 보낸 것은 신중하지 못했습니다. 글은 작가를 위한 것이지만 책은 독자를 위한 것이어야 합니다. 그런 책을 만들기 위해 계속 배우고 있습니다. 부족하지만 출간 기획서를 함께 첨부하오니 바쁘신 중에도 읽어주시고 원고에 대한 조언이 있으시다면 꼭 듣고 싶습니다.'

맨 처음 이 작가가 투고를 했을 때 아무런 소개 없이 원고만 와서 사실 답장도 하지 않았다. 투고에도 서로 예의와 배려가 필요하다고 생각하기 때문이다. 더 놀라운 것은 첫 책을 투고한 작가가 아니라 이미 2권의 책을 출간한 경험이 있는 분이었다는 사실이다. 아무리 좋은 원고라도 첫 번째 독자인 출판사를 설득하지 못하면 바로 휴지통행이 될 수밖에 없다. 이제라도 기획안의 필요성과 중요성을 인식했다는 데에 왠지 모를 안도감이 일었다.

원고가 완성되면 출간해 줄 출판사에 반드시 기획안을 함께 보내야 한다. 이 기획안은 최대한 원고에 대해 알기 쉽고 인상적일수록 채택될 확률이 높아진다. 그렇다면 기획안에는 어떤 내용들을 담아야 할까?

가장 먼저 '제목과 부제'다. 제목과 부제에는 원고 내용을 가장 적절히 함축하는 단어들이 들어가는 게 좋고, 가제여도 상관없다. 제목과 부제는 출판사와 함께 고민해도 되지만 만약 작가의 아이디어만으로도 시선을 사로잡을 만하다면 계약을 이끄는 데 가장 큰 일등공신이 될 것이다. 그다음에는 '기획 의도(배경)'이다. '왜 이러한 원고를 쓰게 되었는지, 얼마나 이 책이 독자들에게 필요한 책인지'를 어필하는 것이다. 그리고 '저자 소개' 항목은 반드시 신경 써서 작성해야 한다. 책 표지 날개에 비중 있게 들어가는 글이기도 하고 독자는 작가에 대해서도 관심이 많기 때문에 되도록 '무슨 학교, 무슨 과를 졸업했고, 무슨 일을 하고 있으며…'처럼 흥미를 1도 불러일으키지 못하는 소개서는 피하는 것이 좋겠다. 대신 '이 책과 어느 정도의 연관성이 있는 사람인지, 이 책을 쓰게 된 동기나 책의 내용을 간략하게 삽입하는 것'도 좋다.

요즘은 오히려 학력보다는 '이 사람이 얼마나 흥미롭고 다채로운 활동을 많이 해온 사람인지, 얼마나 개성이 넘치는 사람인지'가 저자 소개의 트렌드로 자리 잡아가고 있는 것 같다. 꼭 내세울 만한 것이 없더라도 어떻게 포장하고 꾸미느냐에 따라 충분히 있어 보이는 저자 소개 글을 만들 수 있다. 다음으로는 구성안(목차) 항목을 넣고, 이 책을 읽을 독자층을 나름대로 제시해 본다. 독자층을 어떻게 설정해야 할지는 앞서 설명했으니 참고하길 바란다. 또 유사 도서를 분석한 내용이 있다면 추가한다.

유사 도서가 있다는 것은 독자의 필요와 구매 욕구가 있다는 뜻이므로 아예 없는 것보다는 출판사를 설득하기에 좋은 자료가 될 수 있다. 그러나 유사한 점만 나열해서는 안 되고 기존에 나온 유사 도서와 어떤 점이 차별점인지를 반드시 언급해야 한다. 마지막으로 기획 내용(원고 요약)과 작가가 할 수 있는 마케팅 전략 등을 넣는다. 권위자 혹은 유명인이 이 책의 추천사를 써줄 수 있다든가, 작가가 책과 관련된 커뮤니티를 운영하고 있다든가 하는 '이 책을 제작하는 데 있어 유리한 조건'이 있다면 빠짐없이 기록한다.

앞서도 말했지만 기획서가 출판사의 마음에 들면 원고는 사실상 볼 필요도 없다고 느낀다. 실제로 원고를 열어보기 전에 기획안만으로도 이미 계약을 할지 말지가 결정되기 때문이다. 이 점을 반드시 숙지하고 투고할 때 기획안을 빼놓지 않도록 하자.

필요한 글을
센스 있게 집필하는
10가지 법칙

4장

집필의 기본기
양식, 분량, 문체 통일

출판사에서 편집자가 원고를 수정할 때는 거의 90% 이상 한글 프로그램을 이용한다. 작가에게서 워드나 PDF 파일로 원고를 받더라도 한글로 변환해서 수정을 진행한다. 그만큼 편집자에게 한글 프로그램은 가장 익숙한 작업 툴이다. 여기서 양식을 통일하라는 것은 되도록 원고 작성은 한글 프로그램을 사용하라는 의미이고, 작가의 편의에 따라 글자 크기를 크게 한다든가 글꼴을 여러 가지로 화려하게 쓴다든가 색깔을 다양하게 쓰는 것 모두 좋긴 하지만 가능하면 매 꼭지를 동일한 형식으로 맞추라는 것이다.

책 쓰기 수업에서 코칭을 하면서는 예비 작가들에게 '한글 파일을 열었을 때 나오는 바탕체에 10포인트, 검정 글씨, 줄 간격 160%' 상태에서 원고를 작성해야 한다고 가르쳤다. 내 주장이라기보다는 이미 그렇게 가르쳐 오고 있었기 때문에 일관성을 유지하기 위함이기도 했고, 나 역시 내 눈에 가장 읽고 보기 편한 스타일인 한글 프로그램의 기본 세팅 상태에서 원고 수정 작업을 하는 편이기 때문이기도 하다. 파란색으로 글을 쓰는 것이 좋으면 그렇게 써도 무방하고, 돋움체로 글을 쓰는 것이 마음이 편하다면 그렇게 써도 상관없다. 어차피 이렇게 저렇게 변형한 양식으로 원고를 쓰더라도 편집자는 원고를 수정하기 전에 자신이 작업하기 편한 양식으로 다시 바꿔서 작업하기 때문이다.

두 번째로 분량을 통일하자고 했다. 앞서 2장에서도 잠깐 분량에 대한 이야기를 꺼냈다. 전체 써야 하는 원고량과 목차의 개수에 따라 한 꼭지당 써야 하는 분량이 계산될 것이다. 그리고 자신이 쓰기 편한 분량까지 고려하여 한 꼭지당 몇 장 정도를 써야 할지 정해졌다면 그 분량은 되도록 첫 꼭지부터 마지막 꼭지까지 균일하게 지켜주는 것이 좋다. 어떤 꼭지는 쓸 이야기가 없어서 A4 1

장으로 끝나고, 어떤 꼭지는 쓸 이야기가 넘쳐나서 A4 5 장을 채우는 식으로 들쑥날쑥하면 안 된다. 그 이유는 첫 꼭지부터 마지막 꼭지까지 비교적 일정한 분량마다 디자인이 반복되기 때문에 글의 양이 자주 바뀌면 디자인적으로도 보기가 좋지 않을뿐더러 독자들 역시 읽는 리듬이 불규칙해지기 때문이다. 또 그렇다고 해서 자로 잰 듯이 꼭꼭 맞출 필요도 없다. A4 0.5장 정도의 오차는 상관없다.

세 번째로 문체를 통일하자고 했다. 우리가 말을 할 때도 사람마다 '말투'라는 것이 있듯 글을 쓸 때도 작가마다 '문체'라는 것이 드러난다. 특히 문학 분야의 작가들은 자신만의 독특한 문체를 가지고 있는 경우가 많다. 내 글도 객관적으로 보면 굉장히 직설적이고 단호한 문체라고 볼 수도 있겠다. 사실 첫 책을 쓰는 작가에게 문체라는 것이 보이는 경우는 드물지만 여기서 말하는 문체는 사실상 '어조'에 더 가깝다. 독자에게 내 글이 더 잘 전달될 수 있는 표현법을 말하는 것이다. 예를 들어, 내가 지금 쓰고 문체는 작가인 나 혼자서 떠들고 있는 독백체의 평서문이고 책에서 가장 많이 쓰이는 기본적인 형식이다. 또 에세이 분야 쪽에서는 상대방인 독자를 높여서 경어체(존댓

말, 해요체)로 쓰인 책도 꽤 있다. 경어체로 쓰인 가장 대표적인 것이 바로 혜민 스님이 지으신 책들이다. '~합니다, ~하세요, ~이지요'와 같은 어미로 글이 좀 더 다정하고 예의 있게 들리는 특징이 있다.

개인적으로 자기계발서에 많이 등장하는 '이거 해라, 저거 해라'라는 말투가 굉장히 거슬리는 편이다. 이러한 '해라체'는 독자를 가르치려 든다는 느낌을 주고, 때에 따라서는 무시하는 것 같다는 느낌도 받는다. 특별히 꼭 써야 할 부분이 아니라면 '해라체'는 가급적 적게 사용하는 편이 좋겠다는 생각도 한다.

한 번에 하나씩만 전달하자

　문장은 가능하면 길게 이어 쓰지 않고 간단명료하게 맺는 것이 좋다. 이해하기 쉽게 '한 문장에는 하나의 이야기만 한다'고 생각하는 것이다. 한 문장이 길어지면 주어와 서술어의 호응을 맞추기도 힘들고 작가 스스로도 무슨 이야기를 하고 있는 건지, 어떻게 이 문장을 마무리 지어야 할지 모를 당황스러운 경우가 종종 생기게 된다. 어디선가 '글을 잘 쓰는 사람은 문장을 짧게 쓴다'는 글을 본 적이 있다. 글이 길어지면 글을 읽는 리듬과 호흡이 길어지므로 가능하다면 단순하게 문장을 완성하는 연습을 해보자.

한 꼭지에 들어가는 내용도 하나

본격적인 원고 쓰기에 돌입하기 전에 목차가 완성되어 있다면 목차 옆에 반드시 해당 꼭지의 주제를 적어두자. 목차는 어떠한 주제를 담고 있는 상징적인 제목일 뿐 대부분 주제 그 자체가 아닌 경우가 많기 때문이다. 예를 들어, '내 원고에 맞는 출판사 찾는 법'이라는 목차의 제목은 제목 그대로 주제가 되지만 '출간 방향에 맞지 않는다는 말'이라는 목차는 얼핏 보면 주제가 무엇인지 예측하기 어렵다. "출판사에서는 보통 투고 거절을 할 때 '저희 출판사의 출간 방향과 맞지 않는다'는 멘트를 쓰는데 그것이 가진 숨은 의미는 '이 원고에서 별다른 매력을 느끼지 못했다'는 말이다"라는 구체적인 주제와 내가 이 꼭지를 통해 전하고 싶은 메시지를 함께 적어둘 필요가 있다는 뜻이다. 그리고 한 꼭지 안에서는 반드시 그 주제와 관련된 이야기만 쓰도록 한다. 그래야 꼭지 전체가 일관성 있게 흘러가고 내가 꼭 하고 싶은 말들만 정제하여 담게 되기 때문이다. 그래서 꼭지 주제는 글이 산으로 가는 것을 막기 위해 가능한 한 명확히 뽑아야 하고, 주제가 명확해야 그에 맞는 뒷받침 글(보통 '사례'라고 불린다)도 쉽게 찾을 수 있다는 것을 기억하자.

내가 이 책을 쓰면서 개인 SNS 계정을 통해 간간이 글을 공개했는데 프롤로그를 공개했을 때 이런 댓글이 달렸다. 글의 제목이 '책을 쓰는 데는 돈이 들지 않는다'였는데 어떤 사람이 '저는 글을 쓰는 데 돈이 들지 않는다고 생각하지 않습니다. 시간이 곧 돈이고 글을 쓰기 위해서는 시간이 필요하기 때문에 책을 쓰는 데는 당연히 돈이 드는 것이죠'라고 댓글을 달아 놓은 것이다. 이 제목을 단 글에서 나는 '책을 쓰기 위해 수백에서 수천만 원의 돈을 들일 필요가 없으며 자신의 경험과 생각이 담긴 책을 쓰는데 굳이 남이 정해주는 대로 글을 쓸 이유는 더더욱 없다'는 주제를 강조하고, 약간의 현실 비판적인 의미까지 더해 제목을 그렇게 지은 것이었다. 이 사람의 댓글 자체는 맞는 말이지만, 내용을 살피지 않고 제목만으로 판단하려 들면 이처럼 의도를 잘못 이해하게 된다. 앞서 말했듯이 목차 제목과 주제는 반드시 일치하지도 않으며 목차 제목은 주제를 온전히 담고 있기보다 독자의 눈을 끌기 위한 문구일 수도 있다는 것을 이해해야 한다.

주어와 서술어를 맞추자

글을 쓸 때는 반드시 주어를 어떻게 시작했는지를 염

두에 두고 호응을 맞춰서 문장을 끝맺어야 한다. SNS에서 보았던 글 중에 이런 문장이 있었다.

'제가 느껴보지 못한 이 감정들이 오늘에서야 느껴볼 수 있는 게 너무 늦었나 봐요.'

무슨 말을 하려는 것인지는 대충 짐작이 가지만 읽으면 읽을수록 고개를 갸우뚱하게 하는 문장이다. 꾸준히 이 사람이 올린 글을 봐왔던 터라 몇 년의 직장생활을 마무리하고 그 글을 올린 날부터 여유로운 시간을 갖게 되었다는 의미에서 쓴 글이었다는 걸 헤아려 보았을 때, '좀 늦은 감이 있지만 지금껏 일하느라 바빠서 제대로 느끼지 못했던 감정들을 일을 그만둔 후에야 제대로 느껴볼 수 있어 정말 좋다'는 뜻이라는 걸 알 수 있었다.

SNS에 올라오는 글들을 보다 보면 호응이 어긋나 있는 글들이 눈에 많이 띈다. 물론 자유롭게 자신의 감정을 표현하고 나타내는 공간인데다 책도 아니기 때문에 맞춤법, 띄어쓰기, 주어 서술어 호응까지 고려하며 글을 쓸 필요는 없다. 내가 아무리 지적질을 하는 직업을 가졌어도 절대 SNS에 올린 글에 대해서는 '뭐가 안 맞네, 글이 이상하네' 하며 트집 잡지 않는다. 다만, 하나의 예로써 이 문장을 가져와 설명한 것일 뿐이다. 책을 쓸 때는 또 다른 문제이므로….

글을 읽었을 때 최대한 자연스럽게 읽히고 전하고자 하는 의미가 분명이 전달될 수 있도록 명확하고 간결한 문장을 쓰기 위해 잘 다듬어진 책을 꾸준히 읽고 글을 써 보는 연습이 그만큼 중요하다는 걸 말하고 싶다.

가끔 책 쓰기에 대한 책을 읽다 보면 '무조건 그냥 써라!'라고 조언하는 부분들이 눈에 띄는데 그냥 무작정 쓰는 것은 별 도움이 안 된다. 차라리 좋은 글 베껴 쓰기를 하든지, 잘 편집된 책을 천천히 읽으며 문장을 곱씹어 보는 훈련을 하는 편이 더 낫다. 잘못된 문장을 백 번, 천 번 휘갈기는 것보다 제대로 된 문장을 읽고, 들여다보고, 분석해 보는 연습을 해 보자.

문장 연습이 많이 되어 있지 않다면 필사를 추천한다.

남의 책을 베끼면서 문장을 어떻게 쓰는지

눈여겨보는 연습을 하자.

문장의 기본은 '누가, 언제, 어디서, 무엇을,

어떻게, 왜'라는 점도 참고 사항이 될 수 있다.

단어 하나 바꿨을 뿐인데

글을 많이 써 보지 않았을수록 쉬운 것을 어렵게 쓰는 경향이 있다. 뭔가 남들이 잘 이해하지 못하는 어휘들로 문장을 채우고, 읽었을 때 상대가 쉽게 받아들이지 못할수록 글이 잘 써졌다고 생각하는 사람들이 있다. 그러나 사실은 정반대다.

공부를 할 때도 내가 공식이나 원리를 충분히 제대로 이해한 후에야 남에게 쉽게 설명해 줄 수 있듯이, 글을 쓸 때도 역시 마찬가지로 내가 쓰려는 문장이 스스로도 온전히 이해가 되었을 때야말로 쉬운 글이 나온다. 나만 알고 있는 전문 용어나 어려운 한자어 표현은 글의 가독성을 떨어뜨리고 독자로 하여금 책을 재미없게 만드는 요소다. 어쩔 수 없이 전문 용어를 써야 한다면 그 용어를 일반인들이 받아들일 수 있도록 설명을 덧붙여 주는 것이 좋다. 한 가지 팁을 주자면, 명사보다는 동사를 활용하고 동사를 명사로 바꿔 쓰지 않는 것이다. 문장을 예로 들어 보자.

'지나친 음주는 몸에 해롭다.'

'술을 많이 마시면 건강에 나쁘다.'

두 문장 중에 확실히 두 번째 문장이 읽기에도 쉽고 이해하기에도 쉽다. 초등학생이라도 내 글을 읽고 이해할 수 있다면 가장 좋은 문장이다. 편집자가 원고를 윤문 수정할 때에도 마찬가지로 가능한 한 쉽게 읽히는 표현으로 문장을 바꾸는 데 중점을 둔다.

사전은 작가의 친구

문장의 처음을 무조건 '나는'처럼 주체로 시작할 필요는 없다. 결론이 먼저 나와도 좋고, 이유를 먼저 들이대도 좋다. 최대한 다양하게 문장을 시작해 보자. 어미 부분도 마찬가지다. 단조로운 문장이 되지 않기 위해서 어미에 변화를 주면 글이 지루함에서 조금 벗어난다. 문장도 너무 딱딱하고 정형화된 것보다는 어휘 활용을 다채롭게 해서 꾸며보자. 나는 원고를 수정할 때도 사전을 많이 참고하는 편이다. 작가의 글을 더욱 돋보이게 하는 많은 어휘들이 있는데 사실 많은 작가들이 활용하지 못하고 있는 것 같아서다. '나타나다'라는 동사만 해도 '등장하다, 나오다, 출현하다, 드러나다, 보이다, 발생하다' 등 수많은 유사어가 있다. 반복적으로 같은 어휘만 쓰지 말고 이처럼 사전을 활용하여 다양한 어휘를 구사하면 문장이 더 재미있고 새로워진다.

예전에 '어쩌다 어른'이라는 프로그램에 강원국 작가가 '글 잘 쓰는 팁'에 대해 말하며 '사전을 자주 들여다보라'고 조언하는 것을 보고 적잖이 공감했던 기억이 난다. 나 역시 글을 쓸 때 사전이 참 유용하다는 점을 느껴왔고, 많은 작가들이 사전을 친구 삼아 막힐 때마다 검색하고 찾아보았으면 좋겠다는 생각을 해왔기 때문이다. 유사어를 비롯해 반의어, 관용적인 표현, 속담 등 글을 더욱 풍성하게 해주는 자료는 쌓여 있다. 이러한 자료들을 적재적소에 잘만 넣는다면 충분히 내 글이 다른 사람의 글보다 눈에 띄고 흥미로워질 수 있다.

평소에 인터넷 검색을 많이 해보는 것 역시 글 쓰는 데 많은 도움이 된다. 요즘은 어떤 용어가 새롭게 생겼는지, 어떤 의미를 가졌는지, 사회에서는 어떻게 통용되고 있는지 등을 계속해서 관찰하고 관심을 가지는 태도가 필요하다. 그래야 트렌드에 맞는 글을 쓸 수 있고 독자가 흥미를 느끼는 책을 만들 수 있기 때문이다.

글을 쓰다 보면 나도 모르게 습관적으로 계속해서

쓰는 어휘나 글버릇이 나타날 수 있다. 그런 부분들은

되도록 인지해서 반복 사용하지 않도록 주의하자.

일본식 표현이나 해석을 어떻게 하느냐에 따라

중의적으로 받아들일 수 있는 표현도 독자가 명확하게

읽을 수 있도록 신경 쓴다.

남들은 내 얘기를 모른다

글에 자신이 겪은 이야기를 담다 보면 읽는 사람도 나만큼 다 알고 있을 거라 착각하게 되는 경우가 의외로 많다. 자초지종도 없이 경험담이 시작되고 끝나는 것이다. 왜 이런 현상이 생기는가 하면 작가는 본인의 스토리 전개를 다 알고 있지만 남들은 모르기 때문이다.

예전에 한 작가님의 원고를 읽다가 앞뒤 자세한 내용도 없고 경험담이 짤막하게 쓰이고 말아서 처음 읽는 사람들은 무슨 사정이 있었던 것인지, 그 후에는 어떻게 되었는지 알 수가 없어 이해하기가 너무 힘들다고 말씀드린 적이 있다. 이분은 또 매 꼭지의 분량을 맞추는 것을 꽤나 힘들어 하셨던 터라 "작가님께서 겪은 에피소드를 쓰실 때는 최대한 풀어서 누군가에게 설명해준다는 느낌으로 쓰시면 분량이 많이 늘어날 거고, 지나치게 생략하지 않도록 주의하시면 좋을 것 같다"고 조언해 드렸다. 남들은 내 얘기를 모른다. 그러니 아주 친절하고 상세하게, 내 사정을 아무것도 모르는 사람에게 이야기해 준다는 느낌으로 적어야 한다. 특히 내가 가지고 있는 노하우를 푸는 책이라면 더더욱 세세하고 구체적으로 이야기를 전개해 나갈 필요가 있다.

분량을 늘려주면서 내가 하고 싶은 이야기를 빼놓지 않고 적을 수 있는 방법은 단연 넘버링 매기기다. 간혹 책을 읽다 보면 '첫째, 둘째…' 하면서 병렬식으로 글이 진행되는 경우를 보았을 것이다. 한 항목당 글을 자유자재로 줄이거나 늘이기에 좋은 방법이라서 예비 작가들에게도 적극적으로 추천했던 글쓰기 방식이다. 예를 들어, 자존감을 높이기 위한 나만의 방법들을 설명한다고 치자. 글을 필요 이상으로 늘일 필요가 없다면 각 항목당 간략히 주제 문장만 짚고 넘어가면 되고, 글을 늘여야 한다면 각 항목 주제와 더불어 경험담을 붙이거나 책에서 본 내용 등 글에 살을 붙여 가며 한없이 늘일 수 있다. 예를 들어 다음과 같이 말이다.

'첫 번째는 매일 아침 나 자신에게 용기를 주는 말을 해준다. 나는 매일 아침 거울을 보며 나 자신에게 "아무개야, 오늘은 기분이 어때? 오늘도 우리 잘 지내보자. 파이팅!"이라고 말한다. 그러면 기운이 없이 일어났더라도 왠지 모르게 오늘을 살아갈 힘을 얻곤 한다. 이렇게 시간이 날 때마다 나 자신을 마주 보고 기운을 북돋워주는 말을 건네 보자. 다른 누구도 아닌 내가 나 자신을 아무 조건 없이 응원하는 것이야말로 진정한 사랑을 실천하는 것일 수 있다. 두 번째는 시간을 내서 자신이 좋아하는 활동을 적극적으로 해보는 것이다. 나는 새벽에 홀로 깨어 좋아하는 분야의 책을 읽는 시간이 가장 행복하다. 아무도 나를 방해하지 않고 누구의 눈치를 볼 필요도 없는 새벽 시간이야말로 좋아하는 일에 집중하기에는 더없이 좋은 시간대이다.' 등등 이처럼 글은 가져다 붙이기 나름대로 끝없이 이어질 수 있다.

작가 스스로가 내 글에 생략이 심한지 아닌지를 판단할 수 없다면 주변 사람들에게 부탁하여 글이 이해가 되는지를 확인 받는 것도 방법이다. 가족이나 친구, 회사 동료 등에게 글을 한번 읽어봐 달라고 부탁하는 것이다.

간혹 자신이 쓴 글이 부끄러워서 주변에 보여주기 꺼려하는 사람들이 있는데 오히려 책으로 출간된 후에는 수정하기도 힘들기 때문에 얼마든지 수정할 수 있을 때 최대한 완성도 있는 원고를 만드는 과정이 중요하다. 어차피 출간되면 주변 사람들은 물론 내가 모르는 사람들까지도 내 글을 읽게 된다. 그러니 부끄럽다는 생각보다는 당당히 드러내 놓고 의견을 받아서 더 나은 결과물을 만드는 것에 초점을 맞추자.

사람들은 의외로 남들이 어떻게 사는지에 관심이 많다. 마트에서 카트를 끌고 다니다 보면 내 장바구니를 유심히 살피는 사람들이 많다는 느낌을 종종 받는다. 각자한 사람 한 사람에 대한 관심도는 낮을지 몰라도 누군가가 들려주는 남의 집 이야기, 남들이 사는 방식에는 의외로 관심이 많다는 생각을 가끔 하게 된다. 그래서 책에 작가 자신이 살아가는 이야기를 많이 넣으면 넣을수록 재미있는 글이 된다. 그것도 옆집 사는 친구와 수다를 떨듯 아주 자세하고 흥미진진하게 말이다.

쌓인 게 많아야 풀 것도 많다

예전에 어느 작가님이 이런 말씀을 하셨다.

"제가 책을 쓰려고 하는 이유는 제가 하는 일에 있어서 사회의 부정적인 편견이 너무 많기 때문이에요. 여자가 하는 일이라며 곱게 보지 않는 시선들도 엄연히 존재하고요. 더구나 같은 여자들끼리 시샘하고 질투하며 경쟁하려 들고, 저희가 사회적으로 공헌할 수 있는 여러 가지 일들을 막으려고 하기도 해요. 이런 곱지 않은 시선들을 좀 바꿔보고 싶습니다."

작가님은 그동안 가슴속에 쌓인 울분이 많다고 했다. 왜 사회에 기여하고 잘하려는 일을 응원해주지는 못할망정 헐뜯기고 비난 받아야 하는지 모르겠다고 했다. 구체적으로 어떤 일에 대해서인지는 밝힐 수 없지만, 분명 많은 사람들에게 희망과 용기를 주고 지역 사회 발전에 좋은 영향력을 행사하는 가치 있는 일을 하고 계시는 분이셨다. 그동안 얼마나 마음속에 쌓여 있는 것들이 많으셨는지 3번의 만남 동안 정말 많은 이야기들을 들을 수 있었다.

나 역시 이 책을 쓰기로 결심한 이유가 있다. 글을 쓰고 책을 내고 싶어 하는 사람들은 많은데 투고를 받아보면 항상 아쉬움이 남았다. 그렇다고 일일이 회신해 줄 수도 없는 노릇이고 '이것만큼은 작가로서 좀 알고 있었으면 좋겠다' 싶은 것들을 담은 책으로 그 답변을 대신하고 싶었다.

짧은 기간이었지만 예비 작가들의 책 집필 코치로 잠깐 동안 활동하며 느끼고 생각한 것들 역시 집필하는 데 많은 영감이 되어 주었다. 내가 가장 크게 느낀 것이 '작가가 되고 싶다는 사람들이 왜 글에 애착이 없고 자신의 책에 대해 스스로 고민하지 않을까?'였다. 그 점이 내 마음을 답답하게 했다. 지금은 코칭 관련하여 간혹 문의가 있긴 하지만 내가 할 일은 아니라는 생각에 편집자로서

매일 작가의 글을 다듬고, 출판사를 운영하는 데에만 집중하고 있다. 그러나 어쨌든 작가라면 한 번쯤 생각해 볼 만한 것들에 대해 가감 없이 알려주어야겠다는 생각과 궁금하지만 작가가 직접 출판사에 물어보기 어려운 것들을 글로 풀어내는 중이다.

이처럼 평소에 분노든, 불만이든, 더 좋은 아이디어든 쌓인 것들이 있어야 풀 이야기도 있는 법이다. 직장생활 3년 하면서 이것저것 생각해본 게 많은 사람과 10년 동안 아무 생각 없이 시키는 거나 하고 매사에 수동적으로 대처해 온 사람 중에 직장생활에 대해 더 많은 이야기를 할 수 있는 사람은 당연히 3년 동안 생각하며 직장에 다닌 사람이다. 물리적인 시간보다는 어떤 생각과 가치관, 태도를 가지고 있었는가가 글을 쓸 때는 더 중요하다. 그런 생각과 그로 인해 겪었을 모든 경험은 책을 쓰는 데 귀한 자료가 되어 주기 때문이다.

평소에 무언가에 대해 깊이 생각해 본 것도 별로 없고, 그냥 책 한 권 쓰면 인생이 바뀐다기에 한번 써보려고 하는 사람들은 어찌해서 책 한 권을 쓰더라도 단순 사례집이 될 가능성이 높다. 평소 생각해 봤던 것이 없으니 글로 쓸 것도 없다. 어쨌든 분량은 채워야 하니 어딘가에서

봤던 글들을 가져다 내 것인 양 가공할 수밖에 없고 그런 책은 독자들의 마음을 두드릴 수 없게 된다. 프롤로그에서 '누구나' 책을 쓸 수 있고 책으로 풀만한 스토리가 있다고 했지만 또 그 이면에는 '아무나' 책을 써서는 안 된다는 생각 역시 가지고 있다. 인생에 애착이 있고, 삶의 비전과 목적이 있는 사람들은 마음속에 쌓인 것, 풀지 못한 것, 누군가에게 이야기하고 싶은 것들이 있게 마련이다. 그런 것들을 마음껏 풀어낸 책이 독자에게도 무언가 남는 책이 된다.

임팩트 있는 뒷받침 글 찾기

보통 '사례'라고 불리는 뒷받침 글은 책을 쓰는 데 아주 중요한 요소로 여겨지며 처음 책을 쓰는 작가 중에는 이 뒷받침 글을 내 생각에 자연스럽게 이어붙이는 것을 어려워하는 경우가 많다. 뒷받침 글이란 '내가 말하고자 하는 주제나 메시지를 독자에게 좀 더 흥미롭게 전달하기 위해 혹은 내 주장에 설득력을 높이기 위해 가져다 쓰는 재료가 되는 글'쯤으로 받아들이면 된다. 이 말은 즉 책에서 내 생각, 내 주장, 내 철학, 내 경험, 나의 깨달음, 내가 전하고 싶은 메시지 등 '나로부터 나온 것'이 주가 되어야 하고, 뒷받침 글은 어디까지나 내 것을 돋보이게 해주는 또는 신뢰감을 더해주는 객름으로써 쓰여야 한다는 의미다.

그렇다면 이 뒷받침 글은 어디에서 찾을 수 있을까?

가장 보편적으로 재료를 찾을 수 있는 매체는 바로 책이다. '내가 이런 주제로 어떤 책을 읽었는데 거기에 이런 말이 있었다'가 가장 흔하게 내 주장에 뒷받침 글을 이어붙이는 사례다. 뒷받침 글에 대한 아이디어는 책 외에도 신문이나 잡지, 드라마, 강연, 유튜브 등 다양한 영상 매체, 라디오, 인터넷 검색, 연구 조사 자료나 주변에서 쉽게 볼 수 있는 광고까지 아주 다양한 것들을 활용해 얻을 수 있다.

뒷받침 글은 작가가 자신의 글을 통해 전하고자 하는 메시지나 주제를 독자가 자연스럽게 받아들일 수 있도록 도움을 주는 역할을 하고, 더불어 책을 읽는 재미까지 더해주는 몫을 한다. 독자에게만 이로움을 주는 것은 아니다. 뒷받침 글을 적절히 사용함으로써 작가는 글을 쓰는데 적절한 분량을 채울 수 있어서 좋고, 글을 더욱 맛깔나게 살려준다는 장점이 있다. 내 글에 어울리는 적절한 뒷받침 글을 찾고, 그것을 내 글에 자연스럽게 이어붙이기 위해서 반드시 알아두어야 할 점들이 있다.

첫 번째, 뒷받침 글은 항상 꼭지의 주제와 내가 그 꼭지 안에서 전하고 싶은 메시지에 관련된 것을 골라야 한다는 것이다. 예를 들어, 어느 꼭지의 주제가 '거절을 잘하는 기술'이라면 이 주제를 뒷받침하기 위해 '거절을 잘하는 사람의 좋은 예시, 나쁜 예시, 거절을 잘 하면 얻게 되는 이점'에 대한 자료를 골라야지, '칭찬을 잘 하는 사람에 대한 좋은 예'에 대해 골라서는 안 된다는 말이다. 얼핏 보기에는 '거절과 칭찬을 구분하지 못하는 사람이 어디 있겠냐'고 반문할 수 있는데 실제 예비 작가들의 원고를 읽다 보면 주제와 전혀 맞지 않는 뒷받침 글을 사례로 붙여 놓은 경우가 비일비재하다. 그러므로 주제에 맞는 뒷받침 글을 찾기 위해서는 해당 꼭지의 주제를 명확히 아는 것이 먼저다.

두 번째는 어디서 많이 봤던 자료가 아니라 남들이 잘 모르면서도 임팩트 있는 자료를 가져다 쓰라는 것이다. 자기계발서에서 가장 많이 응용되는 글이 바로 '인생을 살아가는 데는 오직 두 가지 방법밖에 없다. 하나는 아무것도 기적이 아닌 것처럼 사는 것이고, 다른 하나는 모든 것이 기적인 것처럼 살아가는 것이다'라는 아인슈타인의 명언이다. 아마 자기계발서를 많이 읽어본 독자라면 곳

곳에 이 명언이 지겹도록 등장하고 있다는 걸 느낄 것이다. 그래서 내가 말하고자 하는 바를 대신해 줄 만큼 좋은 뒷받침 글을 찾기 위해서는 그만큼 평소에 자료를 많이 보고 주변에서 일어나는 일들을 주의 깊게 관찰하는 습관이 중요하다.

세 번째는 이러한 자료를 가져다 쓸 때에는 출처를 반드시 밝히라는 것이다. 특히 글을 그대로 가져다 쓰기 쉬운 텍스트 자료(책, 신문 기사, 잡지 기사, 뉴스 등)는 반드시 출처를 밝혀야 한다. 또한 출처를 밝히더라도 내 글에 관련된 부분만 발췌하여 최소한만 가져다 써야 한다. 너무 많은 부분을 그대로 가져오면 표절로 간주될 수 있기 때문이다. 뒷받침 글은 필요한 만큼만 넣되 신선하면서도 힘 있는 것을 고르는 안목을 꾸준히 길러나가도록 하자.

뒷받침 글은 평소에 스스로 정한

카테고리별로 모아두어도 되고,

글을 쓰면서 그때그때 찾아서 쓸 수도 있다.

단, 모아둘 때는 언제든 필요할 때 찾아 쓸 수 있도록

정리를 잘 해야 할 필요가 있다.

머릿속이 하얘질 때는
이것만 기억하자

한 꼭지를 써낼 때 처음부터 완벽하게 기승전결이 맞아떨어지는 글을 후루룩 써낼 수 있는 작가는 사실 얼마 안될 것이다. 어떤 책에서는 첫 문장이 중요하다고 하지만 독자를 한눈에 사로잡을 수 있는 첫 문장으로 글을 시작하는 것 또한 글을 처음 쓰는 작가에게는 스트레스만 받고 더 이상 앞으로 나아갈 수 없는 걸림돌이 될 수 있다. 그리고 책을 10권 이상 써본 전문 작가가 아니고서야 한 큐에 내가 하고 싶은 이야기, 매력적인 뒷받침 글, 내 경험 등을 자유자재로 써낼 수는 없다. '몇 번은 고쳐야 한다' 생각하고 겸손한 자세로 집필해 나가자.

내가 써야 할 꼭지를 앞에 두고 있다면 빈 파일을 열거나 빈 종이를 한 장 꺼내서 아주 커다랗게 세 칸을 만들어보자. 첫 번째 칸에는 '이번 꼭지에서 꼭 말하고 싶은 메시지나 내 생각'을 적는다. 두 번째 칸에는 '이 주제에 맞는 나의 경험(꼭 내 경험이 아니라 남의 경험이라도 상관없다)'을 떠올려보고 간략하게라도 적어둔다. 세 번째 칸에는 '이 주제를 매력적으로 만드는 뒷받침 글'을 최대한 찾아서 채운다. A4 2장 남짓의 원고를 쓰기 위해서는 배가 넘는 자료가 필요하다. 내가 이 주제에 대해 이만큼까지 생각했다는 걸 스스로 혀를 내두를 때까지 찾아보라. 처음부터 글을 쓰려고 하지 말고, 글을 쓰기 위한 재료를 모은다고 생각하면 부담감도 덜할 것이다. 한 꼭지에는 보통 이렇게 3가지 요소를 적절히(순서보다는 맥락을 고려하여) 배치하는 것이 전부다. 갑자기 글이 막히거나 더 이상 뭘 써야 할지 글감이 떠오르지 않을 때에는 이 3가지가 적절히 잘 들어가 있는지, 빠진 요소는 없는지를 다시한 번 천천히 살펴보는 것이 중요하다.

만약 3가지 요소가 모두 들어갔는데 아직도 써야 할 분량이 많이 남아 있다면 그건 자료를 충분히 찾지 않은 것이다. 논문을 써 본 사람이라면 알 것이다. 내가 생각하는 단 한 줄의 주장을 뒷받침하기 위해 얼마나 많은 자료들이 필요한지를 말이다. 한 편의 논문을 쓰기 위해 수백 권의 책을 참고해야 하고 수많은 시간의 강의를 들어야 하는 것은 물론 몇 년의 시간이 걸리는 것은 예사도 아니다. 책 한 권을 써내는 일을 단순히 쓰레기통에 내 감정을 쏟아내는 것쯤으로 여겨서는 안 된다.

3가지 자료들을 충분히 찾았으면 이 재료들을 어떻게 순서를 정해서 쌓아나갈지 마치 블록을 맞추듯 구성을 짜보자. 이리저리 순서를 바꿔서 배치해 보면서 자연스러운 글의 흐름을 만드는 것이다. 만약 A4 2장 정도의 분량으로 한 꼭지를 완성해야 한다면 한 5장 정도 분량의 자료를 만들고, 2장 반~3장 정도로 가장 임팩트 있는 글들을 추려서 자연스러운 흐름으로 연결해 본다. 그런 후에 원래 쓰고자 했던 2장 분량으로 문장을 좀 더 마음에 들게 다듬고, 부자연스러운 부분은 삭제해 가면서 글을 완성해간다. 이렇게 3단계에 걸쳐 한 꼭지를 만들어 본다.

특히 자기계발서나 경제경영서 같은 논리적인 글을 써야 할 때는 이 방법이 가장 쉽고도 빠를 수 있다. 눈에 띄는 첫 문장이 안 나와서 이후의 글까지 스톱되는 상황을 막을 수 있고 언제든지 막히면 처음 충분히 모아두었던 자료를 참고하면 되기 때문에 집필 속도도 빨라질 수 있다. 머릿속에서 나올 수 있는 것은 한계가 있다. 어쨌든 다른 책이나 영상 등 최대한 많은 것들을 보고 들으며 거기에서 영감을 얻을 수밖에 없다. 베끼라는 게 아니라 어디까지나 영감을 얻으라는 것이다.

누구나 '아!' 할 수 있는 문장 역시 내 머릿속에서는 절대 나오지 않는다. 인풋input이 있어야 아웃풋output도 있는 법이다.

좋은 책에서 글 쓰는 법을 배우자

책 한 권 써내고 '책 쓰기 강사'로 활동하거나 똑같은 내용을 제목만 바꿔서 한 달에 한 번씩 재출간하며 책을 몇 백 권 써낸 작가라고 말하는 사람들이 있다. 그들을 비난하고 싶은 마음은 없다. 어차피 나까지 동조하지 않더라도 이미 알고 있는 사람들은 다 알고 있다.

내가 안타까운 것은 몇 사람의 무분별한 욕심 때문에 '책'과 '작가'라는 단어가 가진 가치와 이미지가 예전에 비해 많이 퇴색되었다는 점이다. 책을 쓰는 것은 단 몇 가지 기술만으로 정의될 수 있는 것이 아니다. 나 역시 이 책을 쓰면서 사실은 '이렇게 해라, 저렇게 해라'라는 구체적인 방법은 되도록 줄이려 애쓰고 있다. 다만, 예시를 통해 생각해 볼 수 있게 하고 스스로 깨닫게 되었으면 하는 바람을 담아 내가 가진 생각들을 꾹꾹 눌러 담는 중이다.

책 쓰는 것에 기술이 있다는 것도 생각해 보면 웃긴 일이고 개성이 드러나는 글, 사유가 녹아 있는 글이 점점 없어져 가고 있는 이유도 '무조건 내가 알려주는 대로 써라, 무조건 이렇게 하면 된다'고 가르치기 때문이다. 독자들 역시 그렇게 써낸 책에는 관심이 없고, 모를 거라 생각하지만 다 안다.

작가로서 좋은 책을 쓰고 싶고, 멋진 글을 쓰고 싶다면 좋은 책을 통해서 배워보는 것은 어떨까. 좋은 책이란 수백 년이 지나도 여전히 사람들의 가슴속에 명문장을 남기는 그런 작가들이 쓴 책을 말하는 것이다. 그냥 읽어보라는 것이 아니라, 작가는 독자인 나에게 왜 이런 이야기를 하고 있는지, 이 작가가 말하는 주장이 독자인 나와 무슨 관련이 있고, 나에게 어떤 도움을 주고자 이런 책을 쓴 것인지, 이 책을 읽는 사람들에게 구체적인 방법이나 해결책을 말해주고 있는지 등을 분석하면서 읽으면 더욱 도움이 된다. 필사를 해보는 것도 추천한다. 특별히 장르를 구분할 필요는 없다. 소설을 필사하면서는 소설가의 표현력을 공부하면 되고 자기계발을 필사하면서는 작가의 논리력과 그가 가진 본받을 만한 생활 태도를 공부하면 된다. 이왕이면 사람에게 배우기보다 좋은 책을 안내자로 삼길 바란다. 사실 작가에게는 책뿐만 아니라 이 세상 모든 것이 공부거리여야 한다.

누군가는 "시간이 돈인데 그렇게 공부하면서 책을 쓰면 어느 세월에 완성하느냐"고 물을 수도 있다. 그렇다면 내가 다시 묻겠다.

"왜 책을 빨리 써야 하는가?"

누군가는 2~3개월 마감일을 잡고 빡세게 책을 완성해야 한다고 한다. 가르침을 받는 사람들 역시 아무 비판이나 의심도 없이 '아, 책은 빨리 써야 하는 거구나'라고 생각한다. 평생 책 한 권 써본 적이 없고, 책 한 권 제대로 읽어 보지 않은 사람들이 2~3개월 만에 책을 써낸다는 것은 정말 무모한 도전이나 마찬가지다. 내 기준에서 오히려 정말 작가가 되고 싶어 하는 사람들은 책 쓰기 수업을 듣는 대신 혼자서 이렇게 저렇게 글을 써보고 고치며 행복해하는 사람이다.

중고등학생 때 나는 정말 그랬다. 좋은 노래 가사를 쓰면서 "와! 이런 표현 너무 좋다"며 감격에 겨워하고 친구들에게 줄 손편지에 시를 넣으며 눈물을 흘렸다. 가난한 집안 형편 때문에 책을 살 돈은 없었고, 책을 읽기 위해 도서대여점에서 아르바이트를 하며 소설, 만화, 로맨스 등을 닥치는 대로 읽었다. 그러다 순간순간 내 감정이 느껴지는 대로 시와 글을 적고 그걸 모아서 어설프게 책으로 만들어 보기도 했다. 진짜 좋아하는 일은 그렇게 하게 된다.

작가로 정말 인생을 바꾸고 싶다면 항상 좋은 책을 곁에 두고 벗으로 삼길 바란다. 속도보다 더 중요한 것은 단연코 깊이다.

욕망을 담으면 팔리는 책이 된다

타 출판사의 의뢰로 오랫동안 직장생활을 해 온 한 예비 작가의 원고를 받게 되었다. 교정, 교열을 해달라는 의뢰였는데 그전에 이 원고가 책으로 나오면 좀 팔릴 만한지를 물어왔다. 전체적인 콘셉트는 요즘 잘나가고 있는 어느 베스트셀러와 비슷했다. 어디선가 가이드를 받은 티가 났고 목차도 나름대로 그럴듯하게 잡았으며 기획안까지 잘 작성되어 있었다. 마지막으로 원고를 쭉 살펴보는데 목차에 쓰여 있는 그럴듯한 제목에 비해 내용은 전혀 상관이 없는 이야기들로 가득 차 있었다. 자기 이야기는 2줄 정도 하다가 뜬금없이 '어느 책에 이런 구절이 있었다' 하며 또 몇 줄의 책 내용이 그대로 들어가 있었고, 그 패턴이 계속 반복이었다. 게다가 2줄 쓰고 빈 행, 3줄 쓰고 빈 행으로 놔두었는데 글이 서로 연결이 안 되어서 일부러 그렇게 행갈이를 해 놓은 것 같았다.

출판사에는 사실대로 원고 질이 너무 안 좋다고 말씀 드렸다. 그리고 이 원고를 출간하시려면 거의 반 정도는 대필을 해야 할 거라고 전했다. 작가에게 출간계약서까 지 보낸 터라 내 의견을 들은 출판사 대표는 무척 난감해 하셨다. 그래도 놓치고 싶지는 않으신지 가능하면 출간 할 수 있는 방향으로 해결책을 내보자고 말씀하셨다.

내가 앞서 말했던 것처럼 출판사는 원고보다 콘텐츠 자체에 더욱 많은 비중을 두어 출간 결정을 내린다. 원고 의 질이 조금 떨어지더라도 수요가 있는 콘텐츠, 독자의 욕망을 건드려주는 콘텐츠를 원한다. 그것이 어느 정도 충족되면 다시 원고를 수정하는 비용을 들여서라도 내고 싶어 한다. 그러나 오해하지 말자. 그렇다고 해도 절대 콘셉트만 번지르르하고 내용이 부실해서는 안 된다. 이 왕이면 원고까지 훌륭한 편이 출간 계약에 있어서는 더 욱 유리하다.

그러고 보면 2017년 한 해 동안 잘 팔렸던 책『지적 대화를 위한 넓고 얕은 지식』은 독자들이 가진 욕망을 아주 잘 이끌어냈다고 볼 수 있다. 웬만한 사람들은 다른 사람들 앞에서 자신의 지적 능력을 드러내 보이고 싶어 한다. 교양과 지식으로 똘똘 뭉쳐서 누구와 대화를 나누어도 소통에 막힘이 없기를 바란다. 그래서 사람들은 베스트셀러를 찾아 읽고 고전이나 자기계발서, 인문 교양서를 꾸준히 읽는지도 모른다. 자고 일어나면 새로운 것들이 생겨나고 시대가 빠르게 변화하기 때문이기도 하다. 이런 시대에 '넓고 얕은 지식'은 사람들의 갈증과 욕망을 잘 건드려 주었다. 독자 입장에서 바라보면 이 책은 평소 부족하다고 여긴 인문학적 소양을 끌어올려 주고, 실제 사람들과의 대화에서도 바로 적용할 수 있으며 그로 인해 자신의 지적 수준이 한층 업그레이드되어 보인다는 점들이 구매 요소로 작용되었다고 볼 수 있다.

사실 예전에는 책이 꼭 필요하지 않더라도 할인을 많이 한다는 이유로 충동구매를 하거나 예뻐서 사거나 선물하기 위해서 책을 많이 구입했는데 요즘은 할인도 마음대로 못할뿐더러 독자들이 책을 잘 사지도 않게 되었다. 책 외에도 시간을 때울 수 있는 재미있는 영상이나 음악 등이 더 많기 때문이다. 어떻게 보면 재미있는 영상과의 경쟁에서 이길 수 있는 책의 콘셉트가 필요하다는 말이기도 하다.

잘 팔리는 글, 잘 팔리는 책을 만들기 위해서 이처럼 독자들이 가진 욕망을 직·간접적으로 해소해 줄 수 있는 요소가 더욱 중요하게 되었다. 그 욕망은 글을 쓰는 나로부터 찾아보자. '나는 어떤 욕망을 해결하고자 지금 이 책을 쓰고 있는가?'를 생각해 보는 것이다. 그것이 나뿐만 아니라 많은 사람들에게 도움이 될 만한 것인지를 고려해 보면 지금 내가 쓰고 있는 원고를 계속 써나가도 좋을지 아닐지가 판가름 날 것이다.

내 글이 더 풍부해지는
인용과 각색 사용법

글을 쓰다 보면 내 주장, 내 메시지를 뒷받침해 줄 좋은 자료들이 많이 필요하다. 앞서 여러 매체를 통해 자료를 얻을 수 있다고 했는데, 조금 더 구체적으로 내 글에 어떤 형식으로 가져다 붙일 수 있는지를 설명한다. 그전에 먼저 인용과 각색에 대해 명확하게 개념을 잡고 가도록 하자.

인용이라는 것은 다른 사람의 말이나 글을 내 글에 그대로 끌어다 쓰는 것을 말한다. 예를 들어 '오프라 윈프리는 "여러분이 보다 보람찬 인생을 살기 위해서는 생각하는 방식을 바꿔야 합니다"라고 말했다'처럼 오프라 윈프리가 한 말 그대로를 내 글에 덧붙이는 것을 인용이라 한다. 인용을 하는 이유는 여러 가지가 있지만, 가장 크게는 내 글을 아주 매력적으로 뒷받침해주기 때문이다. 책을 처음 쓰는 사람일수록 인용의 양이 가장 많을 수밖에 없는데 그것은 작가보다 인용을 위해 언급한 사람이 더 유명한 경우가 많기 때문이다. 즉 작가가 백 마디, 천 마디 쓰는 것보다 강력한 영향력을 행사하는 사람이 한 한 마디의 말이 더 설득력이 있고, 독자들이 신뢰할 수밖에 없다. 그럼으로써 내 글의 권위를 한층 높여주고 내가 전하고자 하는 주장을 독자가 쉽게 받아들일 수 있게 해준다.

다만, 인용을 할 때에는 주의해야 할 점들이 있다. 인용은 어디까지나 내 글을 보강해 주는 의미로 쓰여야지 한 꼭지의 3분의 1 이상이 인용문으로 채워지면 거의 글의 주가 되어버릴 소지가 있다. 책에서 인용문이 주가 되면 그것은 표절이다. 또한 인용을 할 때는 아무 연관성도 없이 아무 거나 가져다 붙이면 안 되고 인용을 하는 데 있어서도 타당성이 뒷받침되어야 한다. 그리고 어디서 그 글을 가지고 왔는지 반드시 출처를 밝혀야 한다. 분명히 책에 실려 있는 글인데 자기가 직접 경험한 것처럼 꾸며 써서도 안 되고, 여기저기서 가져온 내용을 하나의 이야기인 것처럼 이어붙여서도 안 된다. 되도록 출처가 분명히 드러나 있는 사실만 인용문으로 쓰고 출처가 명확하지 않는 것은 사용하지 않는 것이 좋다. 일반적으로 인용문의 출처를 밝히는 방식은 다음과 같다.

도스토옙스키는 "내가 세상에서 한 가지 두려워하는 것이 있다면 그것은 내 고통이 가치 없는 것이 되는 것이다"라고 말했다.

빅터 프랭클은 자신의 책 『죽음의 수용소에서』에서 평범하고 의욕 없는 사람들에게 비스마르크의 이 말을 들려주는 것이 좋겠다고 했다.
"인생이란 치과의사 앞에 있는 것과 같다. 그 앞에 앉을 때마다 최악의 통증이 곧 찾아올 것이라고 생각하지만 그러다 보면 어느새 통증이 끝나 있는 것이다."

"'왜' 살아야 하는지 아는 사람은 그 '어떤' 상황도 견딜 수 있다."

- 니체

다음으로 각색은 신문기사를 이야기 형태로 꾸미거나 소설을 희곡으로 바꾸는 것처럼 콘텐츠의 형식을 바꾸는 것을 말한다. 간혹 소설을 영화화 혹은 드라마화했다는 말을 들어보았을 것이다. 소설을 영상화할 수 있는 대본 형식으로 바꾸어 주고 흥미나 재미 유발을 위해 실제 없던 이야기를 보태어 사실인 것처럼 꾸미는 것도 각색에 해당한다. 각색을 할 때에는 원작을 절대 훼손하지 않는 범위 내에서 해야 한다. 예전에 신문기사를 보다가 스토리 형식으로 각색하면 매력적인 글이 될 것 같아서 뒤 페이지에 예시로 넣어 보았다. 이렇게도 글을 바꿀 수 있다는 것 정도로 참고해 보길 바란다.

두 가지 신문기사 내용이 마음에 와 닿아서 내가 개인적으로 각색해 본 자료이다. 이런 방식으로 각색이 가능하다.

신문 기사 1

(저작권 문제로 기사 내용을 간략히 요약) MC를 꿈꾸는 한 청년이 방송인 유재석을 만나기 위해 부산에서 경기도까지 15일간 걸어왔다. 결국 우여곡절 끝에 유재석을 만났고 터미널로 향하는 동안 두 사람은 많은 이야기를 나눌 수 있었다. 이 청년은 15일간의 여정을 끝내고 집으로 돌아와 자신의 SNS에 유재석과의 만남을 후기로 올려 눈길을 끌었다.

신문 기사 1 각색

MC의 꿈을 가진 한 부산 청년이 우리나라 최고의 MC를 만나기 위해 경기도에 있는 방송국까지 찾아왔다. 그는 매일 아침 6시에 출발, 하루 10시간을 꼬박 걸었다. 그리고 그가 가지고 있던 조그만 다이어리와 종이 뭉치에는 부산에서 출발하여 방송국에 도착하기까지 15일간의 기록이 빼곡히 적혀 있었다.

교회에서 하룻밤 신세졌던 일, 찜질방에서 잠시 눈을 붙였던 밤, 그의 여정에 물 한 모금, 국수 한 그릇을 제공해 주었던 사람들의 이름을 하나도 잊지 않고 적어둔 것이다.

"편하게 차를 타고 오면 저의 바람이 이루어지지 않을 것만 같았어요. 어떤 업(業)을 만들면 제 간절한 물음에 답을 주시지 않을까 하는 마음에….."

그가 방송국에 무작정 도착했던 그날, 그의 순수한 마음을 전달받은 MC는 청년을 따뜻하게 맞아주었다. 그리고 최고의 MC를 꿈꾸는 청년과 이미 최고의 자리에 서 있는 MC는 한 시간여의 대화를 나누었다.

두 사람은 어떤 꿈의 대화를 나누었을까?

신문 기사 2

(저작권 문제로 기사 내용을 간략히 요약) 집단 성폭행 후유증으로 자신 또한 비행 청소년이 된 한 여고생이 절도 혐의로 법정에 서게 되었고, 이 사건의 판결을 맡은 판사는 무거운 처벌 대신 스스로 반성할 수 있는 '외치기 처분'을 내려 많은 이들에게 감동을 주었다.

신문 기사 2 각색

16세의 한 소녀가 절도 혐의로 법정에 서게 되었다. 14건의 절도 및 폭행 전력이 있던 이 소녀에게는 매우 무거운 처분이 내려질 거라는 예상이 있던 터라 소녀의 가족들과 법정을 메운 사람들은 긴장된 상태로 판결을 기다렸다. 판결을 맡은 여판사는 예상과 달리 부드러운 눈빛과 다정한 목소리로 소녀를 향해 이렇게 말했다.

"자, 날 따라서 힘차게 외쳐봐. 나는 세상에서 가장 멋지다!"

소녀는 재판장의 요구에 잠시 머뭇거리며 "나는 세상에서…"라고 말하다 결국 울음을 터뜨렸다. 판사는 다시 큰 소리로 말했다.

"크게 다시 따라 해봐. 나는 무엇이든지 할 수 있다. 나는 이 세상에 두려울 것이 없다. 이 세상에는 나 혼자가 아니다."

이번에는 소녀가 큰 소리로 따라 했다. 하지만 "이 세상에는 나 혼자가 아니다"라고 외치던 소녀의 눈에 눈물이 맺혔다. 법정에 있던 소녀의 어머니도 재판 진행을 돕던 주변 사람들의 눈에도 뜨거운 눈물방울이 맺혔다. 판사는 마지막으로 이 소녀에게 판결을 내렸다.

"이 아이에게 잘못이 있다면 자존감을 잃어버린 것뿐입니다. 스스로 자존감을 찾게 하는 처분을 내립니다. 이 세상에서 가장 중요한 것은 바로 자기 자신입니다. 그 사실만 잊지 않고 살아간다면 지금처럼 힘든 일도 모두 이겨낼 수 있습니다."

인용은 어디선가 가져온 것을

그대로 출처를 밝혀 넣는 것이고,

각색은 콘텐츠의 형식을 바꾸고 좀 더 흥미롭게 하기 위해

꾸밀 수 있다는 점이 다르다.

마지막으로 글과 마주하는
퇴고의 시간

5장

초고 완성 후에는 떠나라

많은 사람들이 "모든 초고는 걸레다"라는 헤밍웨이의 말을 빌려 퇴고의 중요성을 강조한다. 이 말은 즉 초벌 원고를 쓴 후에 10번이든 100번이든 글을 다듬고 수정해서 더욱 글의 완성도를 높여야 한다는 의미다. 실제 헤밍웨이가 소설 『노인과 바다』를 완성하기 위해 400번이나 원고를 고쳤다는 일화 역시 이 명언과 함께 늘 따라 붙는다. 엄밀히 따지고 들자면 그가 쓴 장르가 소설이었기 때문에 퇴고 과정이 더 힘들었을 것이다. 소설은 우리가 접근하기 쉬운 자기계발이나 에세이와는 다르게 아주 복잡하고 다루기 어려운 요소들이 많기 때문이다.

이렇듯 원고의 완성도를 높이는 퇴고 과정을 강조하기 위해 모순적이게도 초고는 가능하면 빨리 쓰는 것이 좋다고 말하는 사람들도 적지 않다. '어차피 초고는 걸레'라고 주장하면서 말이다. 물론 초고가 완벽할 수 없고, 퇴고를 시작했을 때 내 글이 무조건 좋아 보이는 것도 그리 긍정적인 신호는 아니지만 '초고는 걸레'라는 말이 자꾸만 내 마음 한구석을 불편하게 한다.

초고 집필 과정이 힘들면 상대적으로 퇴고 과정이 조금 수월하고, 초고 집필 과정이 생각보다 순조롭게 지나갔다면 폭풍 같은 퇴고 과정이 기다리기 마련이다. 집필이든 퇴고든 둘 중에 한 과정은 반드시 고비가 있다. 사실 처음 책을 쓰는 작가는 초고 집필이든 퇴고든 다 어렵게 느껴지겠지만 말이다.

나는 개인적으로 초고 집필을 할 때 가능한 한 많은 공을 들이라고 말한다. 비록 시간이 오래 걸리더라도 퇴고 과정에서 너무 많은 수정을 하게 되는 것보다 시간적으로나 심리적으로 더 낫다. 퇴고는 초고를 썼던 때보다 조금 더 높아진 안목으로 문장을 조금 더 자연스럽고 매끄럽게 다듬는 수준에서 이루어지는 것이 가장 좋다고 생각한다. 최대한 초고 집필에서 내가 표현할 수 있는 가장 좋은 문장과 글을 뽑아내기 위해 노력해야 한다. 앞서도 말했지만 한 꼭지를 쓰는데 한 방에 후루룩 글을 써낼 수 있는 사람은 많지 않다. 최소한 한 꼭지를 쓰면서 '쓰고 읽고 고치고'를 3번 이상은 해야 비로소 초고가 완성되는 것이다. 주제와 연관성도 없는 아무 글이나 가져다 놓고 분량이 채워졌다며 다음 꼭지 집필로 넘어가는 것은 반드시 피해야 할 집필 방법이다.

그렇게 정성을 다해서 초고를 완성했다면 바로 퇴고에 들어가기보다 고생한 자신을 위해 며칠 휴식시간을 주자. 기간은 자유롭게 정하되 최소 일주일 이상이면 좋겠다. 그냥 하는 말이 아니라 초고 완성 후 바로 퇴고를 시작하면 몇 개월 동안 계속 봐 온 원고이기 때문에 뭐가 어색한지 눈에 잘 안 들어와서 제대로 된 퇴고를 진행하기가 어렵다. 초고 완성의 기쁨을 만끽하면서 뭔가 하나 일단락이 되었다는 것을 스스로에게 충분히 느끼게 해주는 것이 좋다. 그래야 앞으로 하게 될 퇴고 과정도 더욱 상승된 에너지로 온전히 집중할 수 있다.

당연한 말이지만 글발은 확실히 많이 써볼수록 좋아진다. 내가 생각하는 '좋은 글발'이란 문장 표현의 기교가 화려하고 명문장을 잘 가져다 붙이는 것이 아니라 내가 전하고 싶은 혹은 내가 의도하는 바를 읽는 이가 오해하지 않고 명확히 이해할 수 있는 글쓰기를 말한다. 문장마다 온갖 휘황찬란한 수식어를 붙인다고 해서 좋은 글이 되는 것은 아니다.

어려운 글은 부드럽게,
쉬운 글은 깊게,
깊은 글은 더 재미있게

  퇴고를 할 때 가장 중점적으로 살펴봐야 할 요소들에 대해 알아보자. 퇴고 한 번 만에 모든 문제점을 다 해결 하겠다 생각하지 말고, 적절히 단계를 나누어 해당되는 부분만 중점적으로 살펴보면서 여러 번 원고를 검토해 나가길 바란다.

  우선 첫 단계에서는 비교적 큰 범위에서 원고를 살핀 다. 원고 전체의 논리 전개가 모순 없이 일관되게 흐르고 있는지, 그 전개를 헤치는 뒷받침 글이나 논지에 어긋나 는 글은 없는지를 보는 것이다. 예를 들어, 초반에는 A라 고 말했는데 뒷부분에 가서 A라는 주장과 상관이 없거나 반대되는 글이 나온다면 당연히 독자들은 의아해할 것이다. 나도 모르게 주장이 바뀌어 있다든지, 내 주장의 이해를 돕기 위해 붙인 뒷받침 글이 같은 맥락으로 잘 쓰였는지를 살핀다. 이 단계에서는 쉽지 않겠지만 최대한 내 원고를 객관적인 시선으로 바라보려고 노력해야 한다. 남이 쓴 글이라 생각하면 의외로 지적할 것들(?)이 눈에 더 잘 들어올 수 있다. 기꺼이 원고를 보여줄 수 있는 사람에게 원고를 읽게 하고 이상한 부분이 눈에 띄면 말해 달라고 부탁하는 것도 방법일 수 있다. 간혹 같은 인용문(뒷받침 글)을 앞에서 쓴 줄 모르고 뒤에 가서 또 쓰게 되는 경우가 있는데 이처럼 중복되는 글이 있는지도 잘 확인해야 한다. 책 전체의 제목과 장 제목, 꼭지 제목순으로 살피면서 일관된 흐름을 깨는 부분이 있는지 확인한다.

두 번째 단계에서는 좀 더 범위를 좁혀서 각 꼭지별로 앞서 말했던 3가지 요소, 즉 나의 경험이나 체험, 내가 이 꼭지에서 반드시 전하고 싶은 메시지나 주장(주제), 인용문(뒷받침 글)이 서로 조화롭게 잘 어우러져 있는지를 검토한다. 내 경험 이야기는 하나도 없이 어디선가 가져온 글만 여러 개가 붙어 있다면 반드시 수정해야 한다. 내가 읽었을 때 재미가 없어서 덮게 되는 책은 남이 읽어도 마찬가지다. 어떤 스토리가 독자의 눈을 활자에 머무르게 할 수 있을지를 고민해야 한다. 덧붙여 인용해 온 글이 있다면 출처를 명확히 밝혔는지도 반드시 확인해야 한다.

세 번째 단계에서는 더욱 세세하게 문장을 살펴서 오타나 비문이 있는지를 점검한다. 물론 출간을 위해 편집에 들어가면 편집자가 알아서 오타와 비문을 점검할 테지만, 솔직히 편집자 입장에서 원고를 받아보았을 때 오타나 비문이 너무 많이 눈에 띄면 작가에 대한 신뢰도와 이미지가 훅 하고 떨어지는 게 사실이기 때문이다. 그러니 작가 스스로 눈에 띄는 부분만이라도 문장 하나하나에 신경을 썼다는 느낌을 줄 수 있게 다듬도록 하자.

퇴고의 기본은 더하기, 빼기, 다듬기가 전부다

초고 완성 후 얼마 동안 휴식시간을 가지고 다시 원고를 보기 시작하면 나도 모르게 내 글에서 어색한 부분, 미흡한 부분들이 눈에 띄기 시작한다. 그래서 처음에는 '더 좋은 문장이나 글로 바꿀 수는 없을까?' 하는 생각이 가장 많이 든다. 이처럼 내 눈에 걸리는 글 대신 더 마음에 드는 글을 고민하고 채워 넣는 일이 '더하기'다. 또한 주장이나 메시지를 돕기 위해 붙인 뒷받침 글이 임팩트가 없어 보인다고 느낀다면 더 좋은 인용 글이 없을지, 내가 가진 경험담으로 더 흥미 있게 채울 수 없을지 생각해봐야 한다.

군더더기처럼 느껴지는 글은 과감히 빼자. 글을 삭제함으로써 비는 분량은 또 고민해서 채워 넣도록 한다. 분량 때문에 아무 의미도, 재미도 없는 글로 원고를 채우는 것은 차라리 그 글이 없는 것만 못하다. 또한 비슷한 이야기를 몇 꼭지에 걸쳐서 계속 하게 되는 경우도 참 많은데 그렇게 되면 '이 사람은 이 얘기밖에 할 얘기가 없나?' 라는 생각이 들고 책이 전체적으로 부실해 보이니 주의하자.

소리 내어 읽어 보면
알아차릴 수 있는 것들

　나는 한 꼭지 초고를 일단 완성하면 소리 내어 여러 번 읽어 본다. 그것도 그냥 후루룩 빠르게 읽는 것이 아니라 한 문장 한 문장 천천히 읽는다. 강원국 작가를 비롯해 많은 작가들 역시 원고를 소리 내어 읽어 볼 것을 권장하는데 그 이유는 여러 가지가 있다. 첫 번째는 글을 소리 내어서 읽으며 내가 다시 귀로 들으면 좀 더 명확하게 그 문장을 이해하려 하는 신체 프로세스가 작동하여 문장이 이해하기에 올바른지 아닌지를 빠르고 쉽게 판단할 수 있기 때문이다. 무슨 말이냐 하면 예를 들어 '나의 꿈은 멋진 작가가 되고 싶다'라는 문장이 있다면 그냥 눈으로 슬쩍 보았을 때는 맞는 것처럼 느껴지더라도 실제 소리를 내어서 읽어 보면 '엥? 뭔가 이상한데?'라는 느낌이 든다. 예를 든 문장처럼 특히 주어와 서술어의 호응이 맞지 않을 때 '뭔가 이상하다'라는 느낌이 강하게 들게 된다. 이 문장을 분석해 보면 '되고 싶다'라는 서술어는 보통 '누가' '무엇이' '되고 싶다'의 구조가 자연스럽다. 그러나 위 문장을 보면 그 '누가'가 '나의 꿈'으로 잘못 설정되어 있다는 것을 알 수 있다. 그래서 문장이 어색한 것이다. 올바르게 고치면 '나는 멋진 작가가 되고 싶다'가 되는 것이다.

두 번째 이유는 글이 술술 읽히는지를 확인하기 위함이다. 첫 번째 이유와 비슷한 것 같지만 약간 다르다. 글을 쓰다 보면 나도 모르게 꼭 필요한 조사나 수식어를 빼놓게 되는 경우도 있다. 가령 '세상 모든 글쓰기 정보 가득하다'라는 문장이 있다고 하자. 이 문장을 소리 내어 읽어 보면 글이 매끄럽게 입에 붙지 않는다는 느낌이 든다. '세상의 모든 글쓰기 정보가 가득하다'라고 고치면 어떨까. '의'와 '가'라는 조사가 붙어서 문장이 훨씬 자연스럽고 술술 읽힌다. '에이, 누가 문장을 이렇게 써?'라고 생각할 수 있지만 내 경험상 봐도 생각보다 조사를 생략하고 단어 단어만 이어서 글을 쓰는 사람들이 꽤나 있다. 조사가 너무 많이 생략되면 문장이 어색하고 부자연스러워지니 반드시 퇴고 때 최대한 수정하도록 하자.

세 번째는 글을 소리 내어 읽어 봄으로써 단기적으로라도 뇌에 저장되는 점을 이용해 나도 모르게 반복적으로 사용하는 어미나 부사, 어휘 등을 잡아낼 수 있다. 예를 들어 '나의 사랑의 증표'처럼 '~의'는 중복해서 여러 번 들어가지 않도록 '내 사랑의 증표' 정도로 수정하거나 '~라는 것이다'라는 표현을 습관적으로 계속해서 사용하는 것을 찾아내 수정한다. 또 버릇처럼 '너무, 도대체, 가장' 같은 부사를 글 사이사이에 남발하고 있지는 않은지 살핀다. 이처럼 퇴고를 할 때는 반드시 소리를 내서 글을 읽어 보자. 이점이 많기 때문에 추천하는 방법이니 많이 활용해 보면 좋겠다.

그리고 한 가지 더! 퇴고하면서 주의 깊게 생각해 봐야 할 것이 있다. 내가 쓴 표현에 있어서 논란을 일으킬 만한 문구나 묘사가 없는지를 반드시 살펴야 한다. 예전에 작업한 어느 책에 이런 비슷한 문장이 있었다.

"야, 너 지금 열심히 하지 않으면 나중에 마트에서 일해야 해!"

충분히 논란이 될 만한 소지가 있는 문장이었다. 실제 이런 말을 주고받았더라도 책에서 이런 노골적인 말을 그대로 써서는 안 된다. 마트에서 일하시는 분들이 만약 이 책을 본다면 상당히 기분이 나쁠 수밖에 없다. 그래서 나는 이 문장을 이렇게 수정했다.

"야, 너 지금 열심히 하지 않으면 나중에 허드렛일밖에 못해!"

내 책을 누가 읽게 될지는 아무도 모른다. 이것이 한 문장 한 문장을 쓰는 데 있어서 깊은 생각을 해야 하는 이유다. 독자가 글을 읽었을 때 마음이 불편해진다든지 차별을 두는 것 같은 느낌을 받는다면 그건 잘못 쓰인 글이다. 말을 할 때처럼 글을 쓸 때도 상대방을 배려할 줄 아는 태도가 필요하다.

스스로 죄책감을
느끼지 않을 정도의 포장만

일반인이 가장 쉽게 접근할 수 있는 집필 분야가 자기계발이다. 에세이보다는 주제가 명확히 드러나는 분야이기 때문에 강사 입장에서는 가르치기가 쉽고, 책을 써서 소위 브랜딩을 하면 자기가 글을 쓴 분야에서 차츰 입지를 만들어 갈 수 있다는 장점이 있기 때문이다. 예를 들어, 아이를 키워 본 주부가 책을 쓴다면 '아이 교육 전문가, 놀이 육아 전문가' 등으로, 직장인이 책을 쓴다면 '독서법 전문가, 퇴사 준비 전문가' 등으로 없던 직업을 하나씩 만들어 주는 것이 우아하게 말해 브랜딩이고 막말로하면 포장이다.

자신을 브랜딩해서 새로운 인생을 살고 싶다며 찾아오는 예비 작가들도 자신이 감당하기에 과한(?) 브랜딩이 부담스러워 불편함을 드러내는 경우를 종종 봤다. 게다가 자기계발이라는 분야 자체가 '나는 남들이 하기 어려운 이런 행동들을 습관으로 만든 사람이고, 이런 것을 잘하는 사람이니 내가 가르쳐 주겠다, 조언해 주겠다'는 느낌이 강하다. 글에서도 시종일관 '나는 전문가다'라는 것을 나타내야 하기 때문에 집필하는 동안 어려움을 호소하거나 극심한 마음의 괴리감을 이기지 못해 중도에 그만두게 되기도 한다.

"전 사실 이런 사람이 아닌데 이런 글을 써야 하니 스트레스도 받고, 정말 이런 삶을 살고 있는 사람인 척해야 한다는 게 힘들어요. 글도 자꾸만 지어내고 있다는 생각이 들고요. 원래 이런 글을 쓰고 싶었던 게 아닌데…."

평소 일에 치이고 가정생활에 치여 독서할 시간도 없는데 갑자기 '독서법 전문가'라며 독서법에 대한 책 한 권을 쓰라고 하면 당연히 스트레스 받을 수밖에 없다. 책 쓰면서 독서하는 게 전부인데 무슨 수로 그 많은 분량을 '독서법'에 대한 이야기로 채울 수 있겠는가. 아이에게 맨날 분노와 자책을 반복하는 평범한 엄마인데 어느 날 갑

자기 '내 아이 자존감 키우기 전문가'라며 육아 책을 쓴다면?!

포장도 정도껏 해야 한다. 내가 실제 감당할 수 있을 만큼 말이다. 그래서 주제는 글을 써낼 작가가 직접 선정해야 하고 글을 쓰면서 막히는 부분들은 어떻게 해결할 수 있을지를 고려해야 한다. 어떻게든 책을 먼저 쓰고 그에 맞춰서 전문가가 되면 된다고 말하는 사람들도 있는데 사람은 말처럼 그렇게 쉽게 바뀌지 않을뿐더러 전혀 새로운 분야의 전문가로 자리매김하기 위해서는 무척이나 많은 노력과 인내의 시간이 필요하다.

앞서 새로운 분야로 진출하기 위해서도 책을 쓰는 것은 도움이 된다고 했지만, 생각해 보면 사람이 갑자기 다른 일을 하기란 쉽지 않다. 내가 언급한 '새로운 분야'라는 것은 해 오던 일과 연결해서 사업 분야를 좀 더 확장한다는 뜻의 의미다. 편집자로 일하다가 갑자기 요리사가 될 거라며 책을 쓰는 것은 뜬금없는 일이다. 편집자가 출판사를 창업하며 그간 겪은 '출판사 창업'의 모든 프로세스와 노하우, 주의사항 등을 엮어 책을 쓴다면 작가 스스로도 납득이 되고 서로 연결되는 지점들도 있어서 글쓰기가 용이하다.

‘전문가’는 말 그대로 한 분야에서 충분한 시간과 노력을 투자한 사람들이다. 잘하기 위해서 부단히 애를 쓰고, 전문가라는 타이틀을 얻기 위해 갖은 시행착오를 겪고, 남들이 쉽게 던지는 비난과 비판을 가슴속의 열정으로 바꾸며 참고 인내해 온 사람들이다. 책 한 권 만으로 전문가가 될 수 있다는 생각은 애초에 버리고, 진짜 전문가로 자리 잡고 싶다면 책을 쓴 이후에 정말 그런 사람이 되기 위해 노력해야 한다. 그동안 해 왔던 것의 연장선상에서 새로운 분야를 모색한다면 책을 출간함으로써 ‘비즈니스’와 ‘나의 가치’ 두 가지를 동시에 높일 수 있을 것이다.

끝까지 콘텐츠를 챙겨라

출판사에 넘기기 전, 마지막으로 글을 점검하는 시간인 만큼 퇴고를 진행하면서는 '나무를 베어서까지 책으로만들 만한' 가치가 있는지를 끊임없이 자신에게 묻고 답해야 한다. 책도 하나의 콘텐츠이기 때문에 이 콘텐츠가세상에 나가 어떤 영향을 줄지, 하루에도 수백 권씩 쏟아지는 신간 속에서 내 책이 어떻게 하면 좋은 책으로서 독자들의 꾸준한 사랑을 얻을 수 있을지를 냉정하게 평가할 수 있어야 한다. 요즘은 책보다 재미있고 흥미로운 것들이 워낙 많기 때문이다.

내 생각에 '한 권의 책 내용이 단 한 줄로 아주 명확히 정리가 되고 그 주제가 사람들의 이목을 끌 수 있을 정도로 매력적인가'를 가늠해 보았을 때 '그렇다'는 대답이 나온다면 좋은 콘텐츠가 아닐까 한다. 예를 들어, 몇 권의 책을 살펴보자.

앞서도 잠깐 언급했던 『한국의 젊은 부자들』이라는 책은 '평범한 20~30대 젊은이들이 적은 자본으로 억대 회사를 세운 창업 성공기'를 다루었다. 100억대 이상을 버는 사람들의 이야기이지만 처음에는 자본도, 경험도, 기술도, 학벌도 특출난 것이 없었다는 점에서 많은 독자들이 관심을 가졌던 콘텐츠다. 특히 '돈, 성공'과 관련된 책은 기본적으로 사람들의 이목을 끌어당기긴 한다. 또한 포털 사이트에 직업 관련 카테고리와 연계가 되면서 양질의 콘텐츠로서도 인기를 얻은 책이다.

2015년에 출간되어 3년이 넘는 지금까지 꾸준히 육아맘들의 아이 밥걱정을 덜어주고 있는 『유아 식판식』이라는 책도 한 줄로 요약하자면 '맛과 시각적인 즐거움까지 골고루 만족시키는 우리 아이 영양만점 식판 레시피'다. 육아맘이라면 공감할 텐데 특히 아이가 어릴수록 매끼를 어떻게 구성해야 할지 고민이 깊어진다. 이러한 니즈가 있다는 것을 알게 된 작가는 자신의 경험과 함께 '식판'이라는 도구를 활용해서 그에 맞게 식단을 짠다는 콘셉트로 책을 썼고, 시간이 지나도 독자들의 필요성에 의해 지속적으로 잘 팔리는 스테디셀러가 되었다. 식판식 이후로도 '아이 식사'와 관련된 콘텐츠로 계속해서 출간을 이어가고 있으며 잡지에 칼럼을 연재하거나 강의를 하는 등 활발하게 활동하며 자신의 브랜딩을 확실히 구축한 케이스라 볼 수 있다.

개인적으로 영상과 글은 전혀 다른 미디어이고, 상대방에게 다가가는 방식, 상대방이 요구하는 것도 다르다고 생각한다. 영상으로는 먹히지만 책으로는 먹히지 않는 콘텐츠들도 많다. 그래서 사실 글을 쓰는 작가로서 '좋은 콘텐츠'를 발굴하기란 정말 어려운 일이다. 어렵기 때문에 '작가'라는 사람이 필요한 것이며 독자가 고민하는 것에 나름대로 해결책을 만들어 내고, 독자의 마음을 움직여서 뭔가 행동할 수 있게 하는 계기를 만들어 낼 수 있어야 한다. 또 그것이 '작가로서 책을 써야 하는 이유'가 되어야 할 것이다.

책을 쓰기 시작하기 전부터 '나만이 독자에게 전달할 수 있는 콘텐츠란 무엇인가?'를 고민하고, 그것이 결정되었다면 글을 통해 그것을 마지막 장까지 끌고 갈 수 있는 힘을 길러야 한다. 그러기 위해서는 일상에서 느끼는 감정들, 작은 발견들을 놓치지 않고 메모하는 습관과 나의 관점에서 그러한 경험과 감정들을 어떻게 재해석할 수 있을지를 늘 새롭게 사유할 수 있어야 한다. 그리고 무엇보다 책이라는 콘텐츠를 만들어가는 나 자신이 즐겁고 행복해야 함은 두말하면 입이 아플 만큼 당연하다.

가슴 뛰는 삶을 살고 있습니까?
당신에게 중요한 것은 삶의 목적에 도달하는 일이 아니라
당신 자신의 길을 걸어가는 것입니다.

- 다릴 앙카

최선을 다해 만들었는데
왜 팔기가 힘들까?

6장

내 책이 나왔다는 걸
아무도 모른다

신간이 나오면 출판사에서는 각 서점 본사에 가서 담당 분야 MD를 만나 보도자료와 실물 책을 건네며 신간 소개를 한다. 책을 쓴 작가에 대한 설명과 책이 담고 있는 장점, 독자가 이 책에 관심이 있을 수밖에 없는 이유, 얼마나 홍보를 할 수 있는지 등과 관련해 약 5분 정도 미팅을 하게 된다. 보통은 미팅룸이 따로 있지만 담당 MD 자리에서 신간 협의가 이루어지는 경우도 있고, 미팅룸 옆에 바로 사무실이 있어 복도를 지나다보면 사무실 책상을 바라볼 수 있게 되어 있기도 하다.

한번은 한 인터넷 서점에 갔다가 미팅을 마치고 엘리

베이터를 타기 위해 복도를 지나는데 사무실 풍경이 한눈에 들어왔다. 책상마다 가득 쌓여 있는 신간들, 책상으로도 모자라 바닥에서부터 산처럼 쌓인 책들을 바라보니 '아, 내 책도 저기 쌓여 있는 여느 책들과 별반 다를 바가 없겠구나' 하는 허탈함이 밀려왔다.

온라인 서점은 따로 비용을 내 광고를 하지 않는 이상 책이 나왔다는 걸 알릴 수 있는 방법이 없다. 책의 기본적인 내용(서지정보)만 해당 카테고리 안에 신간으로 등록될 뿐이다. 일부러 책을 검색하거나 해당 분야의 새로 나온 책을 검색하지 않는 이상 알 수 있는 길이 없다.

오프라인 서점은 어떨까. 오프라인 서점은 그나마 '매대'라는 책 진열 공간이 있고, 신간 미팅 시 MD로부터 일정 수량 이상을 주문 받았다면 신간 매대에 잠깐(?) 동안 진열이 가능하다. 신간 매대에서 어느 정도 반응이 보이면 주목할 책 혹은 분야 베스트 매대로 옮겨지고 이 매대에서도 꾸준히 반응이 보이면 스테디셀러 매대로 옮겨지는 수순을 밟게 된다. 그러나 사실 이마저도 매대에 있는 동안 판매가 부진하면 바로 강제 퇴장이다. 신간은 매일매일 계속해서 쏟아져 나오고 무료 진열 공간은 점점 줄어드는 추세이기 때문이다.

서점도 수익을 내야 하기 때문에 확실히 팔리는 베스트셀러 위주로만 전시하고 진열하는 게 이젠 일반화되었다. 가끔 작은 출판사를 위해서나 특별한 기념일에 팔릴만한 책을 모아 특별 매대를 구성하기도 하는데 여기에 진열되기도 만만치는 않다. 이처럼 새 책이 나왔다는 걸 알리는 일이 점점 어려워지고 있다. 하물며 출판사 커뮤니티에서 서로 소통하다 보면 이런 우스갯소리를 서로 아무렇지도 않게 주고받곤 한다.

"출판사 업무 중에 책 만드는 일이 가장 쉽다."

실제 우리나라 독서율은 매해 사상 최저를 기록하고 있다. 사람들은 끊임없이 텍스트를 접하고 있지만 책으로 접하는 인구는 점점 줄고, 반면에 평소 독서를 즐겨하는 사람들의 독서량은 오히려 늘어나는 추세다. 결국 책을 읽는 사람만 읽는다는 것이다. 그러나 상황이 그렇다고 해도 책이 가진 매력은 영원히 없어지지 않을 것 같다. '앞으로 세상은 책을 읽는 사람과 그렇지 않는 사람으로 나뉘는 계층사회가 될 것이다'라는 어느 책의 구절을 인용하지 않더라도 독서는 인생을 살아가는 데 있어 정말 중요한 수단임에는 틀림없다.

어쨌든 책이 출간되면 할 수 있는 한 수단과 방법을 다해 내 책이 나왔다는 것을 알릴 필요가 있다. 가만히 있으면 진짜 아무도 모른다. 홍보는 출판사의 일이라고 떠넘기기보다 작가와 출판사가 서로에게 협력자가 되어 주어야 할 것이다.

SNS 마케팅은
길게 보고 시작하자

요사이 확실히 SNS의 영향력이 커진 것을 실감한다. 평소 SNS에 관심이 없던 작가들도 자신의 책을 쓰기 시작하면 SNS 계정부터 만드는 일이 흔해졌다. 나는 출판사를 운영하기 때문에 진작에 여러 채널의 SNS를 만들어 꾸준히 활동하고 있다. SNS를 하면서 느낀 점은 소통이 중요하다는 것이다. 당연한 얘기를 심각하게 꺼내는 이유는 생각보다 SNS를 홍보 창구로만 이용하는 사람들이 많기 때문이다. 물론 마케팅을 위해 SNS를 만들었더라도 너무 목적이 홍보에만 있으면 사람들은 관심을 보이지 않는다. 내가 가진 정보를 나누고 댓글로 서로 소통하며 진정한 커뮤니케이션이 이루어져야 비로소 마케팅이 진행되었을 때 효과가 있는 것이다. 쌍방 간 아무 소통 없이 일방적으로 홍보 문구나 멘트만 올린다면 누구도 눈길을 주지 않을 것이다.

상대방과 나의 소통이 기반이 되어야 한다는 점 때문에 SNS는 길게 보고 시작해야 한다. 단기간에 성과를 만들 수가 없는 구조다. 천천히 꾸준하게 내 팬을 확보해 간다는 느낌으로 접근해야 스트레스 없이 관리할 수 있다. 작가가 되려는 사람들이 활용하면 좋은 방법들을 몇 가지 언급해 본다. 여러 채널을 동시 다발적으로 운영해도 좋지만 처음 시작한다면 자신에게 잘 맞고, 관리하기 편한 플랫폼부터 접근하여 하나씩 콘텐츠를 쌓아보길 추천한다.

첫 번째로, 블로그를 활용하는 것인데 블로그는 사람들이 가장 편하게 기록을 남길 수 있는 플랫폼이다. 블로그를 적극적으로 활용하여 출판까지 이어진 작가들도 많고, 출판사에서도 기획을 하거나 작가를 찾을 때 블로그를 많이 참고한다. 처음 글을 쓰는 예비 작가가 자신의 생각이나 사색한 바를 틈틈이 글로 남기기에도 좋다. 글을 쓸 때는 독자가 지루하지 않도록 반드시 사진과 함께 남기면서 가독성을 높이는 데 신경 쓰고 이웃과 소통하는 것도 잊지 말자.

두 번째는 인스타그램인데, 요즘은 단상이나 시처럼 짧은 글들을 사진과 함께 이미지화해서 공유하는 사람들이 많다. 아예 사진과 글을 쉽게 담을 수 있는 어플까지 등장한 것을 보면 그 인기와 수요를 예측해 볼 수 있다. '인스타그램 스타 작가'라는 말이 있을 정도로 특히 젊은 층에서 많이 활용하고 공유하는 SNS다.

세 번째는 '브런치'다. 브런치는 이미 예비 작가와 기성 작가를 막론하고 '작가'라면 꼭 해야 할 SNS로 알려져 있다. 작가뿐만 아니라 출판사까지 참여하여 좋은 작가를 발굴하고 출간까지 이어질 수 있도록 지원하는 시스템이 마련되어 있다.

나도 이 책을 집필하기 시작하면서 브런치에 원고 일부를 공개했다. 책을 내기 전에 '이 책이 독자들로부터 반응을 이끌어낼 수 있는지, 독자의 관심을 얻어낼 만한 콘텐츠인지'를 확인하고 싶은 마음도 있었다. 처음에는 별 반응이 없었지만 정기적으로 꾸준히 글을 올리기 시작하니 점점 구독자도 늘어나고 라이킷과 댓글로 관심을 표현하는 사람들이 많아졌다. 댓글이 달리면 무조건 답글을 남겨서 감사함을 표현하고, 해당 작가의 매거진도 살펴보며 소통을 하니 어느덧 내 책의 출간을 기대해주는 사람들까지 생기게 되었다.

그렇게 진심으로 교류하니 브런치에서 내 글을 다른 SNS에 광고해 주기나 더 많은 사람들이 볼 수 있도록 퍼뜨려 주기도 했고, 내 글을 본 한 인터뷰 플랫폼에서 인터뷰 제안까지 받게 되었다. 책이 나오기도 전에 이런 제안을 받을 수 있다는 건 정말 좋은 기회이고 감사한 일이다. 그러면서 '작가라면 자신을 스스로 알릴 수 있는 채널을 여러 가지로 마련해야 하겠다'는 생각이 들었다. SNS 활동 없이 작가를 알리거나 책을 알리기는 이제 힘든 세상이 되지 않았나 싶다.

작가라면 무조건 SNS를 적극적으로 활용하길 바란다. 예상치 못한 기회와 많은 사람들의 관심을 얻을 수 있기 때문이다. 다만, 대놓고 홍보용이 아니라 나도 그들에게 관심을 표하는 주고받음으로써의 교류용으로 시작하길 바란다.

마케팅은 출판사의 몫?!

　요즘에는 출판사에서 원고를 고를 때 작가의 마케팅력을 비중 있게 살핀다. 출간기획안에 SNS 활동 계획이나 이렇다 할 마케팅 계획이 전혀 적혀 있지 않으면 좀 난감하기도 하다. 아무리 마케팅이 출판사의 몫이라지만 작가가 함께 마케팅에 협력해 주면 출판사로서는 큰 힘이 된다.

　몇 년 동안 출판사를 운영하면서 가장 힘든 일이 책을 파는 일임을 뼈저리게 느끼고 있다. 온라인 서점에 찾아가서 마케팅에 대해 논의를 해봐도 딱히 이렇다 할 답을 얻기가 힘들고, 오프라인 서점이라고 해서 크게 다를 바도 없다. 오프라인 서점에서 정가를 다 주고 책을 사는 사람들이 적어지고, 지점이 점차 축소되고 있는데다 온라인 서점에서 반응이 있는 책들만 진열이 되는 추세로 바뀌고, 돈을 주고 매대를 사지 않는 이상 출판사는 전시할 수 있는 공간이 없다.

예전에 신간 소설을 들고 인터넷 서점 한곳을 방문했을 때의 일이다. 담당 MD를 앞에 두고 땀을 삐질삐질 흘려가며 이런저런 책에 대한 설명을 이어가다가 "이 책은 사회적으로 이런 이슈가 있을 때 서점에서도 같이 홍보를 해주신다면 판매가 잘될 겁니다"라고 이야기를 하니 MD가 살짝 입꼬리를 올리며 이렇게 대답했다.

"제가 담당하고 있는 책이 너무 많아서… 그런 이슈가 있을 때 이 책을 떠올릴 수 있을까요? 그건 출판사에서 해주셔야죠."

맞는 말이지만 속상한 마음은 어쩔 수가 없어 그날은 집에 돌아와 맥주 한 캔을 땄던 것 같다. 한번은 또 오프라인 서점에 들렀을 때의 일이다.

"저희 출판사의 이 책이 이런 부분에서 아주 좋은데 어떻게 매대에 진열 좀 안 될까요?"

그러자 담당 MD는 몇 초 지나지 않아 이렇게 되물었다.

"온라인에서는 얼마나 판매되고 있죠?"

온라인에서 판매가 어느 정도 이루어지고 있지 않다면 오프라인에서도 진열해주기 곤란하다는 것이었다. 결국 출판사에서 열심히 마케팅을 해서 온라인에서 잘 팔리면 오프라인까지 진출할 수 있다는 결론에 도달한다.

마케팅 비용을 많이 쓸 수 있고, 처음부터 잘 알려진 유명 작가와 계약할 수 있는 대형 출판사의 책은 아무래도 작가와 잘 팔릴만한 책을 골라서 출간할 수 있는 입장이다 보니 서점에서도 그걸 알고 마케터가 뛰기 전에 먼저 알아서 띄우기도 한다. 반면에 인지도 없는 작가를 키워 수익을 만들 수밖에 없는 작은 출판사는 상대적으로 혼자서 고군분투해야 하는 상황이다. 그래서 무조건 콘텐츠를 강조할 수밖에 없는 것이다. 물론 대형 출판사도 마찬가지일 것이다.

앞서도 말했듯이 예전처럼 마케팅과 홍보를 전적으로 출판사가 오롯이 떠안는 시대는 지나갔다. 꼭 책 판매용이라기보다 작가가 스스로 마케팅을 할 수 있다는 것은 자신의 가치를 높이는 일이고 자신을 브랜딩하는 일이기 때문이다. 또한 투고를 할 때는 반드시 기획안에 자신이 실제 할 수 있는 마케팅에 대해 솔직히 적고, 별다르게 직접 무언가를 할 수 있는 방안이 없다면 출판사에 조언을 구해 적극적으로 마케팅에 협조하는 자세가 중요하다.

간혹 기획안에는 모든 걸 다 할 것처럼 홍보 계획을 적어두고 실제 책이 나오면 이런저런 핑계를 대며 발을 빼는 작가들도 있는데, 차라리 처음부터 솔직하게 자신이 할 수 있는 것과 할 수 없는 것을 구분하여 출판사에 명확히 알리는 태도도 중요하다. 그래야 출판사에서도 작가에게 기대하는 바에 대해 실망하지 않게 된다. 솔직함과 정직함은 모든 관계에서 신뢰를 쌓는 기본 태도다.

가난한 이민자의 아들로 태어나 온갖 궂은일을 하다
가 우연한 기회에 영업자가 되어 최고의 세일즈맨이 되
고, 1년 치 강연 계획이 줄지어 있을 정도로 성공한 사람
이 된 브라이언 트레이시가 이런 말을 했다.

"당신은 '나 주식회사'의 CEO다."

브라이언 트레이시는 최고 세일즈맨에게서 세일즈 기
술을 배워 그보다 더 뛰어난 최고의 세일즈맨이 되었다.
그러나 그는 거기서 멈추지 않았다. 수많은 성공서, 자기
계발서를 쓰고, 무엇이든 배움을 게을리 하지 않았으며
그 배움을 자기 것으로 만들어 다른 사람들도 자신처럼

백만장자로 살 수 있도록 강연을 통해 깨우침을 전하며 더 큰 성공자로 자신을 브랜딩했다. 스스로 '나 주식회사의 CEO이자 충실한 대표 직원'으로서 좋아하는 분야에 열정을 바친 결과였다.

수년 전 나 역시 '다른 사람에게 피해를 주지 않는 방법은 나 스스로가 바로 서는 것'이라는 문구를 어디선가 보고 정말 그런 사람이 되어야겠다고 다짐했다. 배우자가 잘나가는 것, 부모님이 가진 재산이 많다는 것, 어느 유명인을 알고 지낸다는 것은 그다지 나와 상관없다는 생각을 하게 되었다. 내가 누군가에 의해 잘나가 보이는 것이 중요한 게 아니라 스스로가 내 인생의 주인이 되어 무슨 일에서든 주도적으로 해보고 책임을 지는 사람이 되어야 한다는 걸 깨달았다. 누군가에게 잘 보여야 하고, 다른 사람의 인정을 얻기 위해 나를 소모시키는 일은 그만두어야 한다. 그보다 내가 내 삶에 만족하는 것이 더 중요하고 좋아하는 일, 내가 행복한 일을 하며 그 재능을 다른 사람들에게 나누는 것이 더 큰 의미와 가치를 부여해 준다는 것을 알게 되었다.

당신 스스로가 자신에게 부끄럽지 않은 진정한 '시그니처'가 되길 바란다. 누군가 당신을 멋들어지게 포장해

주길 바라기보다 스스로를 자신 있게 내세울 수 있는 사람이 되어 꼭 한 권은 책을 써보기를 바란다. 책은 그러한 나를 세상에 알리는 하나의 수단이 되어 준다.

나도 어쩌면 이제 막 세상에 '나'라는 존재를 알리기 시작한 첫 걸음을 이 책으로 떼고 있는 것이나 다름없다. 내가 어떻게 이 일을 시작하게 되었고, 그동안 이 직업을 어떻게 확장해 나갔으며 이 직업을 대하는 나의 태도가 어떻게 변화되어 왔는지를 조금이나마 이 책에 표현했고, 앞으로 내가 어떤 방향으로 나아가면 될지 이 책을 쓰면서 어느 정도 결정되기도 했다. 이 역시 어느 한 사람이 가진 의견에 지나지 않을 뿐이라는 걸 독자들 역시 가볍게 받아들여 주길 바란다. 아직은 어떤 부분에 있어서 부족한 점들도 있을 테고 또 내 생각이 다 맞는다고 생각지도 않는다. 지금까지 욕심 부리지 않고 내 성취를 위해 천천히 걸어왔듯 이 책을 쓰는 시간 역시 하나의 과정에 지나지 않는다는 걸 알고 있다.

가끔 꿈과 욕심을 혼동하는 작가들을 보게 된다. 그러나 분명히 말해서 꿈과 욕심은 다르다. 책에 욕심을 담는 순간 그건 '고급 전단지'가 된다. 욕심이 들어가는 이유는 주변에서 계속 조급함을 제공하기 때문임을 알아차리고 빠르게 성공하지 않아도 된다는 안도감을 자신에게 지속적으로 전해주길 바란다.

아무쪼록 당신이 책을 쓰는 동안 스스로에게 응원과 격려를 아끼지 않는 최고의 존재가 되어주길….

나는 당신이 한 발짝 나와서 자신에게 물어보길 바란다.

"내가 아니면 누가 하지?"

"지금이 아니면 언제 하지?"

- 엠마 왓슨

초판 1쇄 발행 2018년 6월 30일 | 초판 3쇄 발행 2019년 2월 15일

지은이 정혜윤 | **펴낸이** 김태욱 | **편집** 정혜윤 | **마케팅** 박현정 | **펴낸곳** SISO
주소 경기도 고양시 일산서구 일산로635번길 32-19
출판등록 2015년 01월 08일 제 2015-000007호
전화 031-915-6236 | **팩스** 031-5171-2365 | **이메일** sisobooks@naver.com

ISBN 979-11-954846-8-3 03800